深雪 著

第9号当铺

PAWNSHOP
NO.9

海天出版社
·深圳·

图书在版编目（CIP）数据

第9号当铺 / 深雪著 . -- 深圳：海天出版社，2022.9
大湾区专项出版计划
ISBN 978-7-5507-3406-7

Ⅰ. ①第… Ⅱ. ①深… Ⅲ. ①长篇小说－中国－当代 Ⅳ. ① I247.5

中国版本图书馆 CIP 数据核字 (2022) 第 064693 号

版权登记号 图字：19-2022-080 号

本书由青马文化事业出版有限公司正式授权，同意海天出版社出版中文简体字版本，并仅限于中国大陆地区（不含香港、澳门及台湾地区）发行。非经书面同意，不得以任何形式任意重制、转载。

第 9 号当铺
DI JIU HAO DANGPU

出 品 人	聂雄前
责任编辑	何旭升　谢　芳
责任校对	万妮霞
责任技编	梁立新
装帧设计	知行格致

出版发行	海天出版社
地　　址	深圳市彩田南路海天综合大厦（518033）
网　　址	www.htph.com.cn
订购电话	0755-83460239（邮购、团购）
设计制作	深圳市知行格致文化传播有限公司
印　　刷	深圳市希望印务有限公司
开　　本	889mm×1194mm 1/32
印　　张	9.25
字　　数	171 千字
版　　次	2022 年 9 月第 1 版
印　　次	2022 年 9 月第 1 次
定　　价	58.00 元

海天版图书版权所有，侵权必究。
法律顾问：苑景会律师 502039234@qq.com
海天版图书凡有印装质量问题，我社负责调换。

目录 CONTENTS

CHAPTER 1
客户⋯⋯⋯⋯⋯⋯⋯⋯⋯⋯⋯⋯⋯⋯⋯⋯⋯ *Clients* 002

CHAPTER 2
客户⋯⋯⋯⋯⋯⋯⋯⋯⋯⋯⋯⋯⋯⋯⋯⋯⋯ *Clients* 024

CHAPTER 3
厌世⋯⋯⋯⋯⋯⋯⋯⋯⋯⋯⋯⋯⋯⋯⋯ *Misanthropy* 038

CHAPTER 4
连环杀人犯⋯⋯⋯⋯⋯⋯⋯⋯⋯⋯⋯⋯ *Serial Killer* 056

CHAPTER 5
童趣⋯⋯⋯⋯⋯⋯⋯⋯⋯⋯⋯⋯⋯⋯⋯⋯ *Childplay* 074
热爱之物⋯⋯⋯⋯⋯⋯⋯⋯⋯⋯⋯⋯⋯⋯⋯ *Passion* 083
婚姻⋯⋯⋯⋯⋯⋯⋯⋯⋯⋯⋯⋯⋯⋯⋯⋯ *Marriage* 089

不祥之兆	Ominous	095
魔胚	Embryo	116
福兮祸兮	For Weal or Woe	125
交易	The Trade	137

CHAPTER 6
混人	Hybrid	144
后续故事	Story Follow	156
新的型号	The Upgraded	164

CHAPTER 7
代号 X	X	182
典当物	Pawn	190
暗能量	Dark Energy	196

CHAPTER 8
| 神圣之门 | Door | 216 |

CHAPTER 9
| 电影：亲密的厮杀 | Movie | 242 |

CHAPTER 10
天使与恶魔	Angels & Demons	268
新的第 9 号当铺	New Pawnshop No.9	277
平行世界	Parallel Universe	284

客户
Clients

林教授没想过,他会有这一天。

此刻,他在前往那间神异的当铺的途中。

儒雅俊逸的林教授穿着一身昂贵的西装,完整地配上背心和袋巾。为了不在途中让人认出,他特意戴上墨镜。

指示表明,先乘出租车到郊外,然后沿路步行上半山。途中风光好,蓝天白云,能见到海。

这样的天色和景致,不配合光顾当铺的心情。

即将成为当铺客人的他,紧张、忐忑,也觉得沮丧、羞辱。

林教授从没想过,自己会有这一天。

在半山的路上走着走着,蓦地,前面是一座华丽古典的建筑物。米白色的墙身,地面的一层是密集的玻璃大窗,第二层有窗但密封,看不进。以林教授的认知,这建筑物大概是参考爱德华巴洛克式设计。

从地面那层望进室内,啊,居然,陈设像是一百年前的欧洲豪华咖啡室。里面都是一张张铜框云石小圆台和红色丝绒椅子。

Chapter 1

"要找的当铺呢？"林教授狐疑。

然后，他在大玻璃门的右上方墙上，看到一个长方形的铜牌，上面刻有"9"这数字。

应该是这里了。

林教授推门而进，内里并无客人。

他摘下墨镜，抬头望，先是留意到璀璨的水晶灯，然后看见天花板上的壁画。楼顶太高了，他看不清楚，天花板上好像有些人物躲在画中的花草、彩云和幻光后。

向下望，地板是云石，旁边的柱身都是，柱上缀有玫瑰色金属的雕饰。

制咖啡的大型器具带有复古感，蛋糕柜内的蛋糕都超级精致。

这里是一间面积很大的咖啡室哩！

林教授直走再拐弯，看到一排红沙发卡座，都能望海。

他选了一个阳光柔和的位置坐下来。

因着这里实在不像一间当铺，林教授的情绪没当初那样负面了。

眯起眼把海上的粼光看了片刻，就听见一个男声说："这是一杯维也纳咖啡。"

林教授眼前是一个高大英俊的男人，气质既阳光又时尚，年约三十，穿着休闲又质量佳的恤衫西裤。他把咖啡放到桌上，笑容实在无懈可击。

林教授曾经在维也纳品尝过这种咖啡，印象甚佳，那时候他还想，要再尝这种质素的咖啡没难度，再计划一场豪华欧洲之旅便可……

因着礼仪，林教授站起来，告诉面前的男人："我是来光顾第9号当铺的。"

男人仍然一脸亲切。"林教授对吗？我叫乐祐晨，我与内子已恭候阁下多时，猜想林教授今天会到。"

是吗是吗，当铺的主理人都这般料事如神吗？

然后，乐祐晨又说："对了！这咖啡配一块拿破仑蛋糕正好！我这就去拿！"

林教授看着乐祐晨转身走向蛋糕柜那边。

林教授坐下来，呷一口咖啡。

之前一段日子烦恼事甚多，为了提神，喝咖啡如喝水那样。

上一次真正有闲情享用咖啡是何时？是把生意扩展之前吧。

那时，他边享用着咖啡边对妻子说，会在十年间赚到一笔巨款，那么，六十岁便能正式退休。

今年，刚好六十岁，结果是，要来光顾第9号当铺。

林教授心里一阵悲酸。

他告诉自己，在陌生人面前，要抑压住悲泣的冲动。

乐祐晨以手推车送来蛋糕，身后跟着一名穿恤衫西裙的美女。林教授是注重审美的人，也曾担当过选美评委，以他看来，这位美女绝对是高水平的了。完美的鹅蛋脸，鼻子高，眼睛又亮又会笑，唇形性感；长发梳成高马尾，清爽有型；身形契合国际选美标准；整体感觉高雅，表情却甜美，是既可美艳又可纯善的类型。

乐祐晨给林教授奉上蛋糕，旁边的美女说："蛋糕是我做的，林教授尝一尝。"

林教授站起来，让乐祐晨为他介绍："我内子，姓幽名雅，我们是第9号当铺的主理人。"

"老板、老板娘。"林教授谦谦点头。

幽雅望进林教授的眼睛里，她看到的是，林教授与其他客人其实都一样。

哀愁掠过幽雅的脸。

纵然，林教授衣冠楚楚，维持着体面，但他的魂魄已被困厄的生活压裂，元气早已大伤。

典型当铺客人的灵魂状态。

乐氏夫妇坐到林教授对面。林教授说："这里，不像当铺。"

乐祐晨告诉他："都说我们的当铺特别有风格！从前，我和雅雅是经营咖啡室的。打理当铺之后，我们喜欢请客人喝杯好咖啡；我们又喜欢给当铺转换风格。半年前的第9号当铺，是走田园咖啡室路线。"

林教授想到的是，经营连锁咖啡室可以是好生意。

始终，生意人还是喜欢搞生意。

乐祐晨说完后，就与幽雅四目交投，幽雅送他一个调皮又甜蜜的笑容。

当铺老板和老板娘,亲密地手拉着手。

看见这种爱的画面,林教授心里泛起点点暖意。

真好。让临近绝望的人看见美好。

不过,还是没心情享用蛋糕。林教授以金色小叉拨出蛋糕的边角,却又不吃。

他抬眼,要说正事了:"我听闻,第9号当铺能为客人在生意上提供协助。"

乐祐晨回答:"人生的种种困难,我们当铺都乐意帮忙解决。"

林教授望了望台面上的墨镜,告诉他们:"你们知道吗,我薄有名气不是因为生意,而是大家爱称我为人生导师?"

他递上卡片。

幽雅看了卡片上的头衔,说:"我在网上看过林教授的演讲,很有感染力。"

林教授摇了摇头,苦笑说:"我也常常教人如何度过人生困境,想不到……"

话未说完,林教授掩面。

已经苦撑了这些日子,既然决定来当铺,就不想再逞强下去。

够了够了……受苦受够了……

再也受不住了。

林教授饮泣。

Chapter 1

两名当铺老板十分理解客人的苦处。

让客人情绪自然流动，是好事。

幽雅轻轻说："我们知道你面对什么困境。"

客人的底蕴当然要摸清。

冷静过后，林教授娓娓道来："我的环境，本来很好的……"

单单这一句，已知唏嘘。

"三十岁前我完成了我的博士学位，在大学教了两年书，然后，父亲过身，我就接手家族的医疗器材生意，并且成功扩展，到四十岁时已经赚了足够两世享用的金钱。后来，我做其他生意，电动车、医学美容、教育、健康食品等等，都颇成功。五十岁时，我对各种宗教和哲学都产生兴趣，我一边在这方面进修一边继续做生意。公开发表过一些人生哲理和感言后，因为受欢迎，我开始做电台节目，甚至被邀请出过三本书，教导大家如何生活，俨如人生导师。我其实只算是林博士，未到教授的层次，是大家尊重我、给我面子，才称呼一声林教授。"

林教授继续说下去："我说过，生而为人，只是人类暂时性的角色，真正的方向，是要学习由神的角度看事物。我教大家以神的视角看问题，那就是，如果是神，是不会执着某单生意、某段感情、某笔钱……哈哈，看吧，是我太无知！竟敢拿大道理去教人！

"后来，我所经营的各项生意每况愈下，总是有这样那样的原因，把我推入一次又一次的失败中……真是难以置信，我在黑洞中愈跌愈深，已经没有翻身的余地。近三年，我不断变卖物业和其他资产，如今，我与妻女都是租房子住。"

幽雅望着林教授，她看到的是命运的摆弄。林教授落得如此田地，不是因为生意上的技巧出错，又或是皆因时势，而是命运的必然。有些人的命运，注定由好变差，人力无法扭转。

林教授叹息。"我教过别人，做人要通透……当一般人都认为'有'就开心，高层次的人要做得到'冇'开心。"然后，他苦笑："道理说出来时声声铿锵，但实行起来，真的很难。"

林教授望向两名当铺老板。"全部生意能卖就卖，债务清还一次又一次后，现在，我仍欠数千万。女儿已由外国回来就读本地的大学，下个月的房租，要问妻子的娘家借。我今年六十岁了，近年的打击把我弄垮，早前曾经精神崩溃住院，我知道，我已无力东山再起。"

继而，再说的是："我曾经打算自杀，但有债主说，我死了的话，就找我的女儿代我还。"

乐祐晨以表情表达，那的确很糟糕。

林教授低语："本来，我的人生是很好的……为什么会变成这样？"

话到此，再次双眼通红。

这时候，幽雅问："林教授，我们可以如何帮你？"

林教授说："我的愿望很平凡，要解决的事，如同世上所

Chapter 1

有赤贫的人。我读过书、有见识、成功过，但到最后，我与落后国家中那些三餐不继的穷人那样，都不过是需要钱。"

人类，依然存在这种最卑微的痛，那叫作被生活击倒。

说什么灵性、说什么超然物外、说什么理想。

连用来过活的钱都不足够，试问怎样生存下去？

高贵了半生，一直正能量，脑筋转得快，为人识时务；从来没懒惰过、没待薄过任何人、没作过恶……怎想到，最后，竟然家徒四壁、贫穷潦倒、晚节不保？

林教授哽咽着说："我要钱，用来还债，用来给家人在将来过日子。"

第9号当铺的两名老板都听见了，这名灵魂质素甚高的客人，不过也是想要钱。

从来，当铺最欢迎灵魂优质的客人。

乐祐晨对面前的客人说："有一点，我们希望林教授明白，这里是一间当铺，需要客人以典当物来交换个人愿望成真。"

林教授望了望四周说："是一间与众不同的当铺。"

幽雅没回应。

客人会明白吗？即使与其他型号的当铺的气氛和环境有所区别，这里依然是一间当铺。

幽雅说出重点："当铺的本意是，客人愿意牺牲多少去换取愿望成真。"

是的是的，当铺重视的，是客人的典当物。

林教授说："我已没有值钱的身外物能典当……但我知，

有人会典当自己家人的健康、元寿……"他摇头，说："我不会……我不会……"

两名当铺老板在心里问：那你想典当什么呢？

林教授抬眼，这样说："我认为，被称为林教授的我，所得到的尊重，是值钱的！"

立刻，第9号当铺的一对老板，神情都亮了。

乐祐晨和幽雅互望，他俩都知道，接下来与客人的对话要更婉柔。

他们太乐意收取这名客人在未来日子中的所有被尊重。

乐祐晨说："林教授，你仍有二十二年命，在将来这段漫长年月里，你不会得到一丝尊重。"

不会得到一丝尊重。这一句，是可圈可点的。

但当然，林教授看重的是："回报可好？"

幽雅开价："一亿如何？"

林教授心算，即是说，有这一亿元的话，还清债务后仍有数千万可用，可以给妻子和女儿各买一所房子，然后，尚有余钱可供养老。

但不会得到一丝尊重。

不过，管他呢……

林教授答应，他说："感谢老板。"

乐祐晨站起来，说："那么，林教授，我们到楼上进行交收。"

林教授站起来，随乐祐晨前行。

Chapter 1

啊,离开卡座那一刻,林教授顿感已经如释重负了。

财务压力真如大石压心,不能小觑。

林教授在心里舒了口气,果不其然地,面带笑容。

幽雅跟在他俩身后,走着走着,忽然,有所感应。

回头望,一名年约九岁的华裔小男孩躲在一根大柱后,探出俊俏小脸来,朝幽雅笑。

幽雅心想,又来了。

小男孩指了指天花板。

幽雅抬头看见,天花板壁画上的人面,稍稍动了动。

幽雅再望向小男孩,以表情告诉他:"做完正经事才开派对!"

小男孩由大柱后走出来,目送幽雅的背影。

对了,小男孩的名字叫韩磊。

◇◇◇

第9号当铺的第二层看起来就是一条长走廊以及旁边的房间,没有咖啡室的感觉,反而像一般大宅中的楼层。不过,林教授留意到,怎么了,走廊前端好像一直延伸,看不见尽头。

乐祐晨在走廊中段停下,开启某房间的门。进门后,林教授看见房间内有书桌、椅子、贵妃椅,旁边是一列书架,书架上放了数个相框。

林教授说:"两位老板都爱看书?"

幽雅就笑了："哎吔，真是见笑。"

林教授走近书架，方才发现，书架上并不是书，是光盘。书架上满满的光盘，起码数千上万盒吧！随手拿下一盒，啊，是满头钉的恐怖人面，名字是《猛鬼追魂》。他转头问："恐怖片？"

乐祐晨搂着幽雅，夫妇俩对视笑，幽雅对客人说："我是恐怖片迷。"

长得像幽雅这般高贵甜美，却最着迷于恐怖片，真是人不可貌相。

林教授不评论别人的兴趣。他稍移向右，看到相框中的乐氏夫妇在一花棚咖啡室前留影。自然地，林教授问："是从前的第9号当铺吗？"

乐祐晨回答："这间咖啡室年代很久远的了！"望了望爱妻，才又说："数十年前就只是一家人间咖啡室。"

但照片中的人，就是此刻看见的模样。那种简便的打扮流行了数十年，T恤和牛仔裤、牛仔裙，看不出年代的分别。

林教授心想，也许不应该再问。

看见乐祐晨已坐到书桌后、幽雅站在丈夫身旁，林教授也就坐到书桌前。

开始交收了。

乐祐晨对林教授说："善意提醒阁下，典当物极有可能无法赎回。"

林教授回应："我不认为我能在未来的日子赚到一亿。"

乐祐晨再说："确定典当物是'尊重'？"

林教授说："这是我能拿出的最体面的典当物。虽然我可以预计，失去尊重，日子会难受。"

此时，一些画面掠过幽雅眼前。她看见客人在未来日子里所承受的。

她在心里暗叹后，对林教授说："其实，我也爱说点道理。"

林教授鼓励她："最喜欢金玉良言。"

幽雅说："我认为，真正厉害的人生玩家，是能在差劲日子中，活出好日子来。我真心希望林教授能在将来依然做着真心热爱的事。"

短短数句，也不算是什么惊世大道理，却如刻凿心房般刀刀有力。

在不好的日子里活出好日子，岂不是好故事？

有一种幸福是，能一直做真心热爱的事。

入心了。

不期而然泪凝于睫。林教授点头，会铭记。

幽雅心里却是一阵悲。

她知道，这名客人并没有足够的心理准备。

典当了尊重之后，日子会有多难过？

他以为自己受得住，其实并不。

乐祐晨给客人递上合同。合同条文简单，林教授签了。

然后，乐祐晨请林教授到贵妃椅那边，好好躺下来。

林教授躺得舒适后，乐祐晨着他合上眼，想象债务还清的心情。

这就是林教授的愿望呀。林教授想着想着，笑容泛脸。

这一刻，当铺老板助客人达成心愿，同时拿走客人的典当物。

只见乐祐晨在林教授的额前张开手掌，一团紫色的光凝在手心上。

幽雅早已捧着玻璃瓶等候，让乐祐晨把紫光收于其中。

紫光散发些微的暖意，那色调亦宜人。毕竟，是高尚之人的被尊重之光。

幽雅捧着玻璃瓶，从书架中打开通道，走进去。

这空间亦是无尽伸延的，两旁的架上都是玻璃瓶和木盒。

捧着林教授的"尊重"的幽雅，经过2000、2010、2020的行列，走进标记2030的通道中。身旁都是其他客人的典当物，当中有各种人体器官、四肢、眼球、未出生的孩子、运气、智慧、快乐……嗯嗯，还有木盒中的灵魂。

林教授是新客人，幽雅给他一个专属的位置，放置他典当出来的"尊重"。

幽雅看着瓶中的紫光，然后，她以手心按在玻璃瓶上，继而她看到……

林教授在台上演讲，台下观众发出嘘声，赶他下台。

因着发表了某些言论，网民群起攻击谩骂林教授。

在水果档买水果，商贩把找给林教授的零钱掷到地上。

Chapter 1

接载林教授的出租车司机不认识他，却全程对他冷嘲热讽。

与邻居一同乘坐电梯，对方大声说他汗臭有异味，比狗屁更难闻。

妻子怪责他睡觉时说梦话，要求与他以后分房睡，接着数落三十年婚姻中对他的不满。以往体贴温婉的妻子说时眼神凶狠，一脸仇怨。

与女儿上茶楼，女儿嫌林教授吃相难看，对他声声喝骂，又断言不想再与他同台吃饭。

陌生人践踏他；原本的拥护者敌视他；就连他一直付出甚深、照顾有加的家人也嫌弃他，不给他半分尊重。

一切来得无辜、无缘无故、反常不合理。

不是一天两天的事，而是在接连往后的二十二年持续发生。

一幕幕悲凄的画面显示眼前，看够了之后，幽雅把手从玻璃瓶挪开。预见客人在典当后的情况，有助部署日后的安排。

当铺的客人通常都会重临。

这单交易完成了。幽雅走回路，离开一架又一架的客人典当物，返回书房。

林教授不在了。

此刻的林教授，已回到现实，他正在享受第一份债务得以解决的好消息。

乐祐晨看见幽雅的表情，知道她是看过客人在将来的遭遇。

乐祐晨牵起妻子的手,说:"客人求仁得仁。"

幽雅告诉乐祐晨,林教授在往后的日子会发生的事:"林教授在五年后身体机能会衰退,不幸地在公开场合失禁,并被传媒报道……"

以后,林教授的别名就是"失禁教授"。

乐祐晨暗地嗟叹,他只能表示:"从来,当铺都不做蚀本生意。"

客人得到一亿,就需要交出等同一亿的代价。

难道以为,典当"尊重"之后,就只是上餐馆时被侍应不礼貌对待吗?

幽雅说:"当林教授死后,报章上的小段新闻会说:'著名的失禁教授终年八十二岁,死前亦因失禁麻烦了医护人员'……"

由讣闻的画面推回到死前数年,林教授在老人院的日子,也是饱尝不受尊重之苦。院友对他粗暴无礼,尽情耻笑羞辱欺凌;员工也每天喝骂他、嫌弃他,甚至虐打他。

幽雅掩脸摇头。

来当铺典当了尊重的结果是,极之尽情。

乐祐晨安慰妻子:"来吧,吻一个,就什么都会好。"

乐祐晨把幽雅搂在怀中,轻吻她的额。

第9号当铺的一对老板都心肠好,常动恻隐之心。

此时,有声音传来:"来吧!开一场派对,就什么都会好!"

他俩朝声音望去,噢,那物体在天花板。

是那名小男孩韩磊哩,他以脚底贴天花板的姿态倒吊望向他们。

乐祐晨扬了扬眉,心想:"又来搞我老婆。"

◇◇◇

开什么派对呢?

首先,看来只有九岁的韩磊要求幽雅要好好打扮,那么,乐祐晨也自然会较为隆重地打扮。

然后,穿了西装和小礼服的乐氏夫妇从第二层走回地下咖啡室,音乐已响起,大部分小圆台和红椅子已移开,地板空了出来。

当幽雅站定,这楼层的天花板就有异动了,各幅壁画中的幻光、云、山、树、花草、贝壳后的物体都移动出来,从壁画中往下跳跌。啊,幽雅一见他们就笑了。

她一直喜欢他们,自她小时候便是如此。

狼人、吸血僵尸、蛇头女魔、科学怪人、钉面人、异形、附魔女、电锯面具人、黑色星期五面具人、鬼娃、闪灵孪女、丧尸、木乃伊、失控嘉仪、贞子、富江、魔鬼怪婴、电锯杀人狂、闪灵癫狂作家、食人博士、噩梦烂面佛迪、邪恶生日小丑、安娜贝尔娃娃、鬼修女、人形蜈蚣、杀人读者安妮·维克斯、女巫、贝茨旅馆中的诺曼·贝施、爱登士家族成员……

许多在恐怖电影中出现过的妖魔鬼怪惊悚人物都在了。

然后，在一众恶鬼怪人当中，有一个小舞台升起来，舞台上，是小小的韩磊。

穿着燕尾服的他宣布："Let the party get started!"

他一说，众鬼怪人魔纷纷哈哈大笑。

幽雅也笑。

幽雅笑，乐祐晨自然笑。

异人鬼怪笑着以舞蹈姿态向幽雅走近，幽雅张开双手与他们逐一拥抱。然后，他们包围住她，开心热闹共舞，有的懂跳舞，有些舞姿怪诞，更有"甩皮甩骨"，也有的边跳舞边作杀人状。

韩磊在舞台上也舞得起劲，指天笃地、凌空一字马、头贴地倒立自转七圈。

乐祐晨不想看这个小孩表演，他在专属咖啡师的角落冲了杯咖啡，冷冷看着那群妖魔鬼怪。

乐祐晨低头呷了口咖啡，却发现韩磊就在他腰下。

韩磊爬上座椅，对乐祐晨说："从来，我都是令你老婆开心的那个人。"

乐祐晨懒得望他，只是说："我老婆只当你是《凶兆》中的那个魔童。"

韩磊说："你这种附属品，时候一到，我就铲除你。"

乐祐晨回应："我不在，幽雅不会帮你。"

韩磊耸耸肩："其实，我是可以没有幽雅的。"继而说："但幽雅却不可以没有我。"

乐祐晨喝他的咖啡，随便韩磊说下去。

韩磊说："这间当铺的老板人选，名单还有好多。"

立刻，韩磊就从手中滑出一张纸，纸上的确满是名字。

乐祐晨望了那张名单一眼，看到其中一个名字。"你竟然让唐纳德·特朗普一起来玩？"

韩磊说："要他打理当铺应该还行吧！我会鼓励他搞连锁当铺、当铺真人秀。"

乐祐晨说："你别再暗恋我老婆了。我俩感情那么好，你有眼见的。你破坏不了。"

韩磊回应："我这种，不是志在什么爱情，我是志在有得玩！"

随即，正手拿咖啡的乐祐晨，发现整杯咖啡都是蛆虫。

"*Bad Taste!*"乐祐晨放下杯子，不屑地说。

韩磊笑："你老婆会中意这杯蛆虫够新鲜！她从来就中意这些核核突突①、鬼鬼怪怪的。"

乐祐晨说："不过，我老婆从来就不中意你，你死心啦！"

韩磊说出重点："你不要忘记，你老婆自小就与我联结！是我守护她成长！这种浪漫，你老婆受得起！"

就是有这样的事。许多小孩身边有守护神，幽雅的身边有

---

① 粤地方言，意为恶心、古怪、不伦不类。

只守护魔。

这时候，幽雅从舞池向乐祐晨招手。

真是乐得不用再应酬韩磊。

乐祐晨走过去。幽雅要他融入，与怪物共舞，他就照做。

从来，他都听她的。

幽雅在乐祐晨跟前欢笑、转圈、扭腰。

乐祐晨真的觉得幽雅好美好美。

真的觉得自己好爱好爱她。

已经一起打理当铺三十年了，他从没一刻对她厌闷过，仍是上瘾一般爱她。

咖啡瘾他倒是没有，他有的是幽雅瘾。

嗯嗯，这才是浪漫。

是因为幽雅，乐祐晨才愿意留在这当铺内，就算永不超生。

夫妇俩的格言是什么？

人嘛，要做真正热爱的事。

乐祐晨真正热爱的，是去爱他的妻子。

因着节拍，幽雅倒跌在他怀内，身向后拗，噢，特别性感。乐祐晨扶正她，抱住她的腰后，问她："开心吗？"

幽雅笑："很好 *feel* 呀！"

从前现在，幽雅都非常看重好不好 *feel*。

从前现在，乐祐晨都要让他的妻子每天好 *feel*。

韩磊远看他俩，就一脸不爽。

不爽的恶魔需要一点娱乐。

Chapter 1

恶魔都喜欢玩什么？

玩人。

玩破坏。

玩整蛊。

◇◇◇

当幽雅累了，韩磊就结束这场派对，请她回寝室休息，并体贴地说："派对有我善后！"

其实也没什么大工程，不过是把众妖魔鬼怪收回天花板中。

乐祐晨与幽雅的寝室在楼上某个房间内。当幽雅梳洗完毕，她又觉得不想睡了，于是让乐祐晨先睡，她要挑一部恐怖片来看。

幽雅走到书房，正想选一部电影，却发现摆放客人典当物的空间内有声音，于是，她从通道走进去。然后，幽雅看到的是，坐在地上的韩磊正搞些什么，身旁是几个玻璃瓶和木盒子，属于不同客人的各种典当物。

只见韩磊打开瓶子，伸手去拿人舌。

第9号当铺中的所有，都是属于这个小男孩的。幽雅当然不会过问。

韩磊察觉到幽雅在他身后，就转头望，见她一身性感睡裙打扮，于是吹了口哨。

幽雅说:"谢谢你为我开派对,你知道我心情不好。"

韩磊说:"*My pleasure!*①"

幽雅随意地说:"客人的典当物,好玩吗?"

韩磊说:"我这种臭屁孩就是爱玩臭屁孩玩的东西。"

幽雅从来没当韩磊是臭屁孩。她避重就轻地说:"擅自用客人的典当物是我们当铺老板的大忌。你正玩着的,我没资格玩。"

幽雅深明,这里一切都属于韩磊,韩磊为大。

韩磊这样回应:"下次找些你能玩的一起玩!"

幽雅习惯了韩磊总是把"玩"放在首位。

玩人、玩客人、玩灵魂、玩鬼玩魔;玩遍天上地下、玩尽天堂地狱。

幽雅不阻韩磊玩他要玩的。互相道了晚安后,幽雅返回书房,站到光盘架前。

嗯,全是她深爱的恐怖片。

今晚看哪一部呢?

---

① 这是我的荣幸。

客户
Clients

这天到第 9 号当铺的客人是这样的。

她看起来洋气健美、开朗伶俐，坐在两名当铺老板跟前，笑容是撑开的。

幽雅知道她叫 Carla，看起来像二十八岁，其实已经三十八岁了。

Carla 说："这杯琥珀咖啡，好！色泽如其名，味微甘。"

然后，她吃了口蛋糕："居然是荔枝蛋糕！清新可喜！多尝两块都不觉腻。"

说时瞪圆亮亮的眼睛，绝对是真心享受的模样。

但幽雅留意到，Carla 接着垂眼望了望未吃完的蛋糕，眼神有着悲酸。

幽雅尝试感受对方的灵魂，这位客人没有基本的生活压力，也探测不出她有健康方面的问题。

那么，大概是……

Carla 说："嘻嘻，我有感情烦恼。"

啊。

乐祐晨与幽雅双视一笑。

Chapter 2

优游丰裕女子的烦恼重点：情情塔塔①之事。

乐祐晨问："是为着欠缺伴侣？抑或是，有伴侣依然有烦恼？"

任谁都明白，感情事，有又烦、无又烦。

Carla 说："我有男朋友的了，已交往一年多，但我觉得，我对他、对这份情没什么把握。"

又是这种最普遍的感情问题。

乐祐晨心想，感情事，顺其自然就好了，干吗个个都要做控制狂。

但是，当然，商机不能破坏。

且看看这名客人有什么要求，以及打算典当些什么。

于是乐祐晨问："Carla 小姐，我们第 9 号当铺有什么可以帮你？你若然需要我们把他的心定向于你，我们是可以做到的。"

这种感情处理方法，有些客人是乐意接受的。

Carla 问："那……即是类似'落降头'吗？这种事，我又不想……太强制性，不是我希望的。"

既想对恋人有把握、有意控制感情发展，但又不想太强制性，究竟，这名女子想怎样？

此时，她说："我想要的是，预知能力！"

啊！

---

① 粤地方言，意为情情爱爱。

听上来，颇有创意。

可是，作为当铺老板，乐祐晨定住了一秒，幽雅则狐疑地笑。

乐祐晨要说的是："预知能力？那是很贵重的交易！"

幽雅想到的亦一样。幽雅透视 Carla 的里里外外，判断了对方是典当不起的。

得到预知能力后，就超越人，变成神人、超级英雄了。真是典当全身器官都未必够。

Carla 这才解释："我不是要预知世界大事、所有人的未来……我只想要早一天知晓男朋友的事！"继而，再说："天下间，我只看重他一个！天下间，我只烦他一个！"

唔，这样子嘛，范围就小得多，典当的代价就较小。

乐祐晨与幽雅互望，接着，是幽雅说话："早一天得知男朋友会发生的事、打算做的事，那么，就更方便去控制，甚至是变更事情的结果！"

Carla 猛地点头。对对对，然后说："我承认，对他，我的控制欲好强烈！但我必须有此预知能力，才能爱得适然！"

乐祐晨心想，这种爱操控伴侣的人哪懂得爱的真谛？

不过，为求不破坏商机，当铺老板是会顺着客人之意的。

于是，乐祐晨说："Carla 小姐可有准备典当物？"

Carla 是有打算的，她说："我交出一间豪宅给你们可好？市值五千多万的。"

幽雅就看见，那是 Carla 拥有的三间豪宅之一。

随即，幽雅皱眉了，她回应："如果你只有一间豪宅，是你全副身家，这单交易反而可成。"幽雅轻轻摇头，说："可是，你有三间豪宅又有大笔现金，你所能典当的、你所愿意付出的，就太轻巧了。"

Carla 懊恼起来："可不能全副身家拿出来……爱情能维持，还得靠我有面包！"

说得也是。

幽雅透视 Carla 的其他人生项目。

先看事业。事业嘛，这名女生从来不看重，她的父母留给她丰厚的遗产，于是，自二十五岁开始，就不用再上班。最近数年与别人合资经营 playgroup 集团，是当玩的，也乐得有个教育界企业家的身份。

拿她的事业来典当，没有意义。

再看身体状况。健康状况良好，很擅长运动，还考了瑜伽教练证和潜水教练证。

那么，幽雅就说："这样吧，典当物的方向可以是你的身体器官、四肢活动能力；又或是无形但重要的，例如智力、运气、回忆、元寿，等等。"

Carla 看来有点为难。

乐祐晨说："想要得到预知能力，虽然只针对你男朋友一人，也要有等值的典当物。"

这时候，Carla 说："其实我有想过，要是你们不接受我的豪宅，我可以典当的，就变成是我用来享受美食的味觉。我愿意，以后吃下去的，只余馊臭、怪异、腐烂、苦涩之味！"

这倒新鲜。

两名当铺老板有兴趣。

从来，当铺要求客人典当出真心重视之物。

要是 Carla 不重视美食，她的味觉就不是那么值钱。如今，看穿了 Carla 是真心爱美食的人，那么，她的味觉，就是高价的典当物。

这才能称之为牺牲。

当铺的宗旨是：一个人愿意牺牲多少，去换取心愿成真。

不过，当铺老板又有心理不适了。既想交易能成，又于心不忍。

幽雅的神情有着隐隐的担忧。典当出味觉、更容许以后只感受难吃之味，这些苦，不是一天两天，而是长久的难受哩。

乐祐晨感应到妻子的恻隐之心，他奉劝客人："Carla 小姐今年三十八岁，而你会活到七十八岁！"

听到后，Carla 也哇了一声。

当铺老板以为客人要打退堂鼓了。

谁料，Carla 说："四十年满口难吃之味！你们也同意这样的付出足够了吧！愿意接受我这种典当吧！"

啊，客人很有决心。

典当物能被接受。

不过，随即，幽雅看见，Carla 在将来，会在不知不觉中，额外付出珍贵的东西……

Chapter 2

幽雅是忍不住了,她善良地说:"其实,男女关系,顺其自然就好……以 Carla 小姐的条件,就算失去这一位男朋友,往后也会继续有新对象呀!"

乐祐晨暗吞一口唾液,担心妻子破坏这次交易。

虽说幽雅是当铺主理人,但她上面还有个可恶的臭屁孩啊……

Carla 摇头一笑,解释她的心情:"一直以来,我都颇多恋爱机会的。从前嘛,总是我想分手的多,合不来、受不住就分手。也有被分手的,虽然会有一段伤心日子,但都明白,既然缘尽了,也只能接受。

"但这一位,怎么说,我看待的心态不同。起初,我也只觉得大家拍拍拖,没什么大不了,但从某天开始,我忽然发觉,若是我的将来没有他,我怎样也快乐不起来。

"他和我同龄,做中层管理人,长得好看,风趣幽默活跃,收入够他花费,也能供小房子供车。朋友说,我要找个更好的不难,也许吧!我比他富有,生活圈子比他高尚,也从不缺桃花。但不知怎地,就是觉得不能没有他。我记得,某次吵架后,我说了分手,他就真的不找回我,我以为只是小事,却不由自主地哭得天昏地暗,情绪极度低落,甚至觉得生无可恋。过了十天,我承受不了自己的状态,必须主动找回他。大家和好后,我就懂得笑,我的生命力重来了。

"我曾认为,谁不能没有谁?哪知,我就是不能没有他。

"他一直待我不错,但说到爱,显然是我爱得比他深。我最受不住的是，总觉得他随时会走……唉，换成其他男人，我任由他们走，我放走过不知多少个男人！但他，我好想永远留住。

"你们觉得我好傻吧！生活得比一般人好、风风光光的，也要来你们这间当铺。是……是一名曾经病到半死、后来又奇迹般痊愈的妇人告诉我有关你们这里的运作。

"某晚，我在半夜乍醒，好想好想查看他手机……我真的去偷看了，又发现没有什么异样。唉，这种日子真的不能过，我快疯了！于是我想，不如来一次当铺，以后一了百了。

"究竟，是否有前世的纠缠？所以我对他特别执着？我真想把握他的一举一动。也许，以后半生，我的生活焦点就是关注他翌日会做什么、见什么人。"

乐祐晨和幽雅都已明白她的心情了。

也许，会有人觉得这个女人这么做很多余，但人，是有权许下任何一种愿望的。

Carla 笑着说："我打算付出的，你们应该觉得有赚吧！我理性地作出不理性的付出。"

来第9号当铺准备作出交易的这位客人，清醒得很。

然后，她坚定地说："但我不后悔！"

Carla 说完这句之后，可有留意到，两名当铺老板的表情并不一样？

乐祐晨是眉开眼笑的，欢迎这次交易。

对于 Carla 的不后悔，幽雅则没显露任何鼓励之意。

客人正为自己的不后悔感到强大又自豪。

幽雅却心知,有时候,当铺是宁可客人在事后后悔的,因为,后悔了的话,就能有后续……

但当然,幽雅不便说些什么,她只是垂下眼。

乐祐晨邀请客人到楼上进行交收。

三人往上走一层。

乐祐晨找了个机会在幽雅耳边悄悄说:"不要不开心。这位客人是在做她真正热爱的事。"

幽雅明白丈夫对她的关心。

她撇撇嘴苦笑。

◇◇◇

后一天,来第9号当铺的客人是不喝咖啡的。

由巴士走下来的是一身运动装的少年,本来,神色蛮慌张的,幸好一抬眼就看见第9号当铺伫立在山腰。

进入当铺后,看见内里是豪华咖啡室的布置,就认为是走错了,又要着慌了。少年大叫:"有没有人呀?是不是第9号当铺呀?"

乐祐晨与幽雅牵着手结伴走出来,两人笑容满脸地对少年说:"欢迎光临第9号当铺!"

少年却不懂回应,在陌生环境中一脸不安。

幽雅看进少年的魂魄。五官秀气的他,智力却只有十岁。

幽雅就说:"想喝汽水吗?"

"想!"答案是不假思索的。

那么,乐祐晨去拿饮料和蛋糕,幽雅领着少年坐到卡座来。

因为漂亮的大姐姐好和善呀,少年没那么焦虑了。

乐祐晨奉上汽水和奶油蛋糕。少年一口气啜饮了半杯汽水。

幽雅把少年通视了片刻,然后说:"你叫陈志诚,嗯,其他人叫你诚仔。"

诚仔边吃蛋糕边说:"你知道我的名字!"

乐祐晨也看得出诚仔的智力有问题,但身为当铺老板的他还是说:"我们第9号当铺有什么可以帮你?"

诚仔的眼睛溜上溜下,说:"这里不像当铺。"

然后,继续大口吃蛋糕。

幽雅蛮高兴的,多数客人都置那块蛋糕于不顾,难得诚仔有吃完的打算。

诚仔把余下的汽水喝完了,说:"妈妈带过我入当铺,她把金项链、金手镯都典当了。当铺没汽水,也没蛋糕。"

乐祐晨离座,告诉诚仔:"给你再来一杯。"

诚仔没拒绝。

家境不好,汽水、蛋糕都不常吃。

当乐祐晨把另一份汽水和蛋糕放到诚仔跟前后,幽雅就问:"诚仔,谁告诉你我们这里的?"

Chapter 2

诚仔喜尝薄荷巧克力蛋糕，对着他俩吃吃说说："我去了表姨的家，想在那个天台跳楼……但有一个洋人修女出现，告诉我不必死，可以到任何一个巴士站搭 35X 巴士找你们，说是任何愿望都能成真……我以前看过一本漫画，主角经过等价交换，可以达成任何事……"

洋人修女？幽雅立即查看诚仔刚才说的片段。噢，看到了，那修女在其中一部恐怖片出现过，幽雅称她为鬼修女。

乐祐晨问："那，诚仔有什么愿望想成真？"

诚仔这样回答："我想变成一只狗！"

啊？

怎会有这样的愿望？

乐祐晨问："为什么诚仔要变做一只狗？"

诚仔说："陪妈妈。"

乐祐晨问下去："如今你是人，就不能陪妈妈吗？"

诚仔告诉他们："我生癌，妈妈让医生医治了我一年，花了很多很多钱！我不想再连累妈妈，我好想死！怎知，就在天台，洋人修女告诉我这个地方……那么，我想了一晚，觉得变成狗陪妈妈最好！"

幽雅搜看诚仔的过往。

在八岁那年发高烧后，诚仔的智力被损害。诚仔的爸爸在诚仔的妈妈怀孕时就离开了，诚仔的妈妈一直单打独斗，吃力地维持母子俩的生活，自从诚仔患癌后，就更是百上加斤。

幽雅默念，又是一部人间悲剧。

第9号当铺的客人，各有一首悲歌。

幽雅问："诚仔的妈妈喜欢狗？"

诚仔说："喜欢！从前有养过，但因为我对动物过敏，所以把狗送给了别人。"

乐祐晨倒是公事公办，他顾虑的是："诚仔懂得当铺是怎么一回事吗？诚仔想变成狗，这事情是需要拿出典当物来交换的。"

诚仔瞪大眼说："正如妈妈拿出金项链换成钞票来交租！我明呀！"

既然明白当中运作，那么，乐祐晨再问："诚仔有准备典当物吗？"

诚仔说："我不想做人了！我想用我这条命去交换，变成一只狗！"

两名当铺老板都听到了。

这样的交易是可以成立的。

首先，看一看，诚仔还有六年寿命。不过，因为智力受损，诚仔的命不是很值钱，但当然了，人命始终贵重过狗命。七除八扣后，由人命换成狗命的话，这条狗的寿命同样是六年。

幽雅与乐祐晨心意互通。正当乐祐晨要对诚仔说出变成狗后的年寿时，幽雅却说了："诚仔，变成一只有二十年寿命的狗好吗？这样子，可以陪你妈妈二十年了！"

诚仔一口答应："好呀！"

Chapter 2

乐祐晨脸色一沉,这一次是蚀本生意。

诚仔兴奋起来:"我妈妈生我前在宠物店工作的,她也说过,她小时候养过狗,与狗一起睡的!我三岁前,妈妈叫我狗仔!妈妈真是好喜欢狗的!"

幽雅倒是想让诚仔明白:"但作为人类的你会消失,你妈妈会很伤心。"

诚仔摇头,说:"妈妈多次去当铺了,也问过亲戚借钱去医治我……有亲戚骂我连累了妈妈一生……我宁愿做狗好了,养狗便宜过养人!我是废物,我明白的,我是废物……"

这样的故事,听得幽雅心酸。

诚仔再说:"妈妈见不到我会伤心吗?不怕!我会是一只令妈妈好开心的狗!好好爱她、守护她!"

最后,诚仔说:"妈妈说,我八岁前很聪明的,在幼儿园已经说过将来要养妈妈、买大屋给妈妈……后来后来……"

后来后来,就是敌不过命运,上天不见怜。

沉默片刻,诚仔说:"还是变成狗去报答妈妈吧!"

听到这里,幽雅要用力忍住泪了。

乐祐晨看了看妻子。这次交易,还是顺她意吧!

厌世
Misanthropy

韩磊有兴趣的是，第9号当铺的客人在交易后的日子是如何悲哀。

是的，臭屁孩不想看见这些人类在愿望达成后的如释重负，反而最想看见他们在受不了的那一刻的极哀与懊悔。

此刻，韩磊就在他的私人电影院欣赏三名客人在将来日子的苦难。韩磊也爱看人类的故事，不过，故事必须强调人类的创痛、悲苦、煎熬、绝望。

首先，是林教授在将来的日子。之前，幽雅也略略看过当中的凄酸片段。

韩磊看到的画面，是林教授在老人院内不被尊重的日子。

因为林教授失禁，老人院的职员索性把他锁到厕格内，不许他穿裤子，要他在白天光着下半身一直坐在马桶上，一日三餐也在马桶上解决。

晚上，给他穿上成人尿裤后，就容许他睡在床上。要是林教授在半夜失禁，又有同房院友被臭醒的话，通常就会被院友毒打一番泄愤。

满脸满身伤的林教授向前来探望他的妻女哭诉被虐打，妻女却愈听愈不耐烦。妻子看着林教授一张哭丧的脸就讨厌,她说:"你不吃不喝就不会拉屎啦!就不会被锁厕格,也不会有人打你啦!哼,最好你绝食到死,死了就一了百了!"

林教授悲凄地望着被他照料妥当的妻子,感受着她的凉薄。

此时,女儿说了一句:"你还以为你是从前那个上节目开讲座的林教授吗?日日濑屎濑尿①还妄想得到人家的尊重?"

林教授猛然醒觉,一切都是自找的,是因为进行了当铺的交易,接着的二十多年,他要承受失去尊重的苦况。

看到这里,韩磊的眼睛亮起来,对剧情有所期待了。

果然,林教授心里涌上一念:"我后悔了……我想要回到受人尊重的日子……"

韩磊等待的就是这一幕。

很好哇,这名当铺客人在将来的某天懊悔了。

当铺客人要后悔,才有后续的嘛……

韩磊断定,乐祐晨与幽雅处理林教授这单交易是没问题的。

◇◇◇

---

① 粤地方言,意为大小便失禁。

接下来，韩磊拿了爆谷①和汽水，他要观看那名以味觉换取预知爱人在翌日会发生的事的客人。

客人的名字叫 Carla。韩磊并不太热衷看以女子为主导的情情塔塔故事，他是怀着随时会入睡的心态看的。

银幕上，是 Carla 的容颜和形态。

其实，Carla 对这份情的不安全感是成立的。

纵然男朋友 Tony 对 Carla 是真心欣赏，也明知未必再有幸找到一个既美丽又富有兼对他死心塌地的女伴，Tony 还是觉得，自由自在比拥有黄金女伴更符合他的个性。

Tony 一直在偷偷约会别的女生，享受由自己的花心引来的浪漫，也着重维持那种"无人能管得到我"的男性自由。

自 Carla 由第 9 号当铺回到现实后，她每天都会花心神去预知 Tony 在翌日的行动。她会以冥想的姿态观看 Tony 在翌日会发生的事。连续看了十天，都没什么特别，从而，她学懂了只观看重点片段，省回许多精力和时间。

终于有一天，预知的画面变得刺激起来。画面中，Tony 收到一条手机信息，立刻，就有那种准备偷食的表情，继而，他把工作上的会议改期。接着，Carla 见到 Tony 驾车到机场把一名空姐接走，在车厢内，他俩亲了亲。

啊，原来已经有小三了。但慢着，空姐究竟是小三还是小四小五小六？

---

① 即爆米花。

Chapter 3

　　Carla 气得含泪，无法再把预知画面看下去了。但慢着，有所牺牲是为了换来尽情观看 *Tony* 的一举一动呀！既然预知了 *Tony* 翌日会偷食空姐，就要勇敢面对，积极行动！

　　于是，*Carla* 收拾心情开始部署。她先从预知的画面中追查空姐的电话号码和名字，接着细心研究空姐在翌日与 *Tony* 的对话。啊，空姐对 *Tony* 说，她有同事入围了电视台的选美活动，语带羡慕。*Tony* 就安慰对方，说她才是空姐中最美丽的。对话的地点，就在空姐家中的床上。

　　Carla 看得咬牙切齿。好吧，做正事要紧，先不发作。然后，她决定了，要打一个电话。

　　经过 *Carla* 的预知、防范、变改后，翌日会发生什么事？

　　空姐下机后并没有通知 *Tony* 来接她，因为她在昨天接到一个电话，此刻，她正赶去一间广告公司试镜。谁会找她拍广告？就是 *Carla* 某个开设广告公司的朋友。*Carla* 告诉这位朋友，她的 *playgroup* 集团要做宣传，选用对方的广告公司的条件，就是让这名空姐翌日来一次广泛的试镜，不过，并不需要一定聘用她。

　　Carla 是这样说的："告诉这名女士，是她的同事私下把她的照片和资料给你们的。你们是著名的广告公司，她会放下戒心，也说不定，她真的适合拍你们旗下客户的广告哩！"

　　那么，翌日发生的事情都改变了。*Tony* 没有与空姐见面，他依日程开会，下班后与 *Carla* 拍拖，恩恩爱爱。

　　Tony 还煮了牛排给 *Carla* 品尝。*Carla* 咀嚼那块和牛，软

是软，但那肉汁的味道如同洗洁精。但她都吞下了，爱郎的心意，她从不辜负。

由第9号当铺回来差不多两星期了，她瘦了九磅。基本上，当不与 Tony 一起时，她都不吃了，食物在口里的感觉，难受得要命。

Carla 深明舌头上尽是可怕又怪异的味道有多恶心，但她不后悔。

她想，数天后就能收到营养师替她配制的保健药丸，以后吸收营养，就靠这一份又一份小丸子好了。

看到这里，韩磊就精神起来，客人受苦的片段最好看！

韩磊以遥控器快速搜播，专注欣赏客人各种口含难吃食物时压抑又难受的表情。Tony 与 Carla 分享薯片，她觉得在吃脆的白纸；牛奶味如馊水；意大利粉像湿了的麻绳；海胆简直就是粪便。

看得韩磊哈哈大笑，欢乐非常。

他搜看又搜看。这就是娱乐了。

再没什么比看见人类受苦更痛快。若然所受的苦有新意、够搞笑，韩磊的兴致就更高。

光顾过第9号当铺的 Carla 是这样付出过。

韩磊有心情好好看下去了。

如此这般，靠着预知 Tony 在翌日会发生的事，Carla 瓦解了 Tony 与小四、小五的关系，又阻止了 Tony 认识潜在的偷情对象。Carla 亦借着预知能力，令两人感情更好。每当 Tony 遇上不快之事，总有 Carla 在第一时间为他解决；也神异地，常常发生心有灵犀的美事，浓厚了两人相处的爱情感。

Tony 有怀疑过，怎么了，原本极畅旺的桃花全没了？不过，与 Carla 一起，又真是顺利又顺心。Carla 可能就是真命天女？日子渐过，Tony 就习惯了只有 Carla 一个女伴，坚持了半生的花心情圣风格，也许可以告别了。

两年后，有一组预知的画面改变了 Carla 的一生。

那是 Tony 安排的一场在东南亚某小岛的旅行，因为预知能力，Carla 看见，就在翌日，Tony 准备要向她求婚，可是，却因为一件事，又改变了主意。

在预知的画面中，Tony 趁 Carla 去做 spa 之时，在酒店房内拿出准备求婚的戒指，他看了看，又收好。然后，他走出房间，见到相隔两个房号的一名洋少妇牵着约七岁的小女孩，与打算留在房内的英俊丈夫吻别。Tony 与这双母女一同坐电梯，小女孩对洋少妇说："爸爸和妈妈是在这里度蜜月吗？"洋少妇笑着点头，一脸甜。

Tony 当时就心情大好，深感遇上这甜蜜幸福的一家人，是求婚的吉兆。

及后，Tony 到酒店的酒吧喝一杯，并打算到酒店外逛一圈，却又发现忘记带钱包，于是需要返回房间。与他一同步进电梯的是一名妙龄性感邪牌女子，Tony 猜想到她的职业。女子在电梯内对他抛媚眼，他故意扮作看不见，心想，才不屑碰这种质素的货色，而且，都已打算定下来，今晚就要求婚，日后就会过婚姻生活了。

邪牌女子与 Tony 一同步出电梯。走过半段走廊后，Tony 发现女子竟然尾随自己，正要回头指责她，却看见，那名洋丈夫开门把对方迎进。

Tony 进入自己的房间。他没拿钱包，反而沮丧地坐在床沿，发呆了许久。

当晚，Tony 没向 Carla 求婚。

这段预知片段，让 Carla 非常震撼。

仔细回想预知的内容后，Carla 推论，Tony 会否因为恐怕自己将来也像那洋丈夫一样对家庭不忠，所以不敢求婚？

Carla 当机立断，在心里说："要打破 Tony 对求婚的犹豫！"

观看以上的预知片段之时，Tony 在潜水，Carla 则在沙滩上。看预知片段看得太入神了，露在太阳伞外的脚背和小腿给晒伤了。

看着红红的皮肤，Carla 灵机一动。

翌日，Carla 不去做 spa，说是皮肤脱皮了，觉得痛。她要 Tony 留在酒店内与她一起看电视、泡鸳鸯浴。要点是，不让 Tony 在晚餐前有私人时间，这样子，他就不会踏出房间，从而碰上洋人一家和那个邪牌女子，亦不会因此犹豫了、想多了、不求婚了。

这一天，一切都如 Carla 所愿，Tony 和她一直留在房间内。并且，在泡鸳鸯浴时，Carla 故意这样说："你知不知道？我在初识你时，就觉得你会是一个好丈夫、好爸爸，虽然，你说过，你最不适合的就是拥有家庭。"

对于一名准备求婚的男子来说，听见这种话，会觉得甚为适时，心理上被鼓励了。

Tony 的眼神有着温柔的牵动。

晚上，Tony 真的求了婚。

沙滩上，他们享受花棚和白纱下的浪漫烛光晚餐。

进餐时，Tony 对 Carla 说："因为遇见你，我整个人生都改变了，只有你，能令我成为一个更好的男人！"

接着他跪下来，递上戒指。

Carla 接过了，泪水不由自主地由心里涌上眼眶。

他真的求婚了，不过，已不是什么惊喜。

依然在触动中落泪，是因为这一幕如她计划那样成真。

太棒了太棒了！她自感改变了重要时刻。

她成功地操控了这个男人的行为。

是她为自己制造了幸福。

是她变更了原有的命运轨迹。

Carla 泪不尽。Tony 为她戴上戒指，抱她吻她，笑她傻，轻唤她："老婆。"

酒店职员为他俩送上香槟。

Carla 觉得香槟像猫尿，碟上的龙虾如散发脚臭味的旧球鞋。

但当然，一切都值得。

后来，Tony 和 Carla 在九个月后结了婚。

如是者，Carla 利用预知能力经营和 Tony 的婚姻，其间，她破坏过企图在出差时勾引 Tony 的女子的行径，又赶绝了 Tony 的一名旧情人的计谋，亦粉碎了许多 Tony 能结识野花的机会。

Tony 在二十年后因急病猝死。不知怎地，Carla 看着病床上 Tony 的尸体，忽然有松一口气的感觉，她监视了他二十多年，确保没有第三者入侵、婚姻稳定、感情无风无浪。她是留住了他，预知了必须知道的，但这种小心翼翼的操控式感情，到头来是辛劳忙碌多于享受。爱情嘛，不是应该幸幸福福、温温馨馨、满是粉红色磁场的吗？

更别说，每餐口腔受罪的情况，是多么受折磨。

医护人员替 Tony 以布遮面。Carla 没流一滴泪。

她不是很爱很爱这个男人的吗？不是非要留他在身边不可的吗？

如今他死了，她反而觉得，事情完了，很好。

韩磊看到这里，知道是时候出手了，是的，第 9 号当铺的交易，有些情况是有后续的。

韩磊先把爆谷都倒进口里，继而，随手从裤袋里掏出一本微小如豆的小册子，册子在他手心中变大，继而，拿着册子的他，攀爬到银幕前台，就那样走入这一幕……

医护人员嘱咐 Carla 收拾 Tony 的遗物。

Carla 在抽柜发现了一本册子，上面写着"*Tony & Carla*

Chapter 3

的平行时空"。

翻开一看,是小说吗?

是谁写了有关她和 Tony 的事?

不……不像是小说。

文字一行一行,也附有插图,当中的人物,就是她和 Tony 呀!

回家后,Carla 在当晚细看这本她和 Tony 的平行时空故事。

故事的开端是:"Carla 去过第 9 号当铺,但在门外犹豫了一会儿,就转身离开……"

啊,是假设 Carla 没光顾第 9 号当铺的故事。

故事说下去的是,某次,因着 Tony 取消了与 Carla 的晚餐约会,Carla 非常不安,胡思乱想到失眠了。翌日二人见面,Tony 还以为精神不佳的 Carla 是生病了,于是体贴得很。Carla 却忽然哭起来,坦言好害怕 Tony 有第三者,很害怕会失去他。

Tony 的确是因为要与空姐偷欢所以不见 Carla 的。此刻看见 Carla 情绪失控,Tony 就如多数男人那样,只觉得麻烦,他说:"你那么好条件,得到比我好十倍的男朋友也太易了吧!"

没说的那句是,你要分手就分手好了。

Carla 倒是说出心里话:"不是有没有更好的问题,而是,好爱好爱,于是不能失去……"

Tony 看着 Carla 的眼泪,又听入心了。

Tony 的确有很多女人,但没有一个如此爱他的吧。

他感激Carla的爱，但又知道不能答应她什么。

如此这般，Tony偶尔会偷食其他女人，Carla总在猜、总在怕，但二人关系继续。是在一次，Tony的小三得悉小四的存在，把事情闹大了，两名女子发狂打起来。事后，Tony知道Carla听说了一些事，不过，她选择了不质问。Tony打从心里佩服Carla的气度和忍耐力，Tony认为，这种性格的女人最适合他，于是，Carla的正印女友地位在Tony心中巩固了。

有次，Carla以为怀孕了，Tony知道后心是慌的，不会吧，难道从此被困？不过，Carla说的却是："孩子我想生下来，我会提供一切最好的给他。我俩继续顺其自然好了，不必着急结婚。"

对于Carla这个安排，Tony大为意外。后来，Carla证实了没怀孕，却有一段时间对Tony若即若离，然后，Tony反而产生了想娶她的心意。

也是时候娶老婆了，要娶，就娶Carla这一种。

就在一次Tony安排的东南亚小岛旅行中，他在旅程的最后一晚在酒店房内求了婚。

其实，在前两天的下午，Tony撞破了邻房的洋汉背妻偷食，他为此曾打消了求婚念头，原本，他是准备在浪漫的沙滩晚餐中求婚的。

不过，随后Tony又想，管他哩，要是婚后仍然想偷食，就随心吧，总之，家花、野花要分得开。

Carla那么完美，不娶她，娶谁？

Chapter 3

婚后，二人感情愈来愈好。*Tony* 试过在一次出差时偷食，居然事后满心内疚。怀着罪恶感回到居住的城市的那个晚上，*Carla* 正为他在家举办惊喜生日派对。

世上还有哪个女人及得上 *Carla*？

往后，偷食的欲望大幅下降。部分原因是年纪开始大了，贪色的心弱了；更真切的原因是，他愈来愈爱 *Carla*，愿意珍惜与她的缘分。

结婚多年后，他俩是朋友圈中最恩爱的一对。

一晚，*Carla* 撒娇，想听点情话，于是，*Tony* 望着 *Carla* 的眼睛，对她说："你从来没有管过我，我却甘愿为你管束我自己。"

听罢，*Carla* 的心咔嚓一响，泪如决堤汹涌出来……

平行时空的故事完了。

捧着册子的 *Carla* 的心情如何？

是无尽的懊悔。

居然，她与 *Tony* 的感情在时日过后，就顺其自然地愈来愈好。

根本不必光顾第 9 号当铺。

看到银幕上的这一幕，韩磊的表情夹杂了嘲笑、戏弄、幸灾乐祸。

"幼稚呀人类！活该呀人类！"

当初，幽雅其实看穿了，*Carla* 光顾第 9 号当铺的话，失去的不只是味觉的享受，更会失去得到一段自然、真挚、深刻、幸福的爱情。

韩磊真是太高兴了，这单交易，第9号当铺有赚！

因为客人懊悔了，就会有后续……

◇◇◇

接着，银幕上出现的客人是诚仔。

诚仔失踪了，他的母亲阿淇很伤心。三天后海边漂来浮尸，经认尸后断定是诚仔。陪同认尸的亲友安慰阿淇，说发生这样的事，对诚仔和她来说，未尝不是解脱。

从停尸房返回家的途中，一只金黄色 BB 松鼠狗跟着阿淇，当阿淇转身与它对望时，松鼠狗望着阿淇吠了两声，笑容满脸地摇尾，然后又兴奋地跑到阿淇跟前，蹬起脚要抱抱。

阿淇抱起它，松鼠狗就又亲又舔。松鼠狗又吠了，不过，这次阿淇听见的是："妈妈！妈妈！"她吓了一跳，望松鼠狗的眼，啊，眼神真与诚仔有点相像。

那么，当然就是把松鼠狗抱回家。

阿淇带松鼠狗去看兽医，虽然查证了没有配置芯片后，她也并非立刻把松鼠狗据为己有，而是把松鼠狗的照片和资料放上网，寻找可能掉失小狗的狗主。

松鼠狗对着架子上诚仔的照片吠，阿淇就对松鼠狗说："那是我儿子诚仔。"松鼠狗原地自转数圈，以示领会。阿淇觉得有异，于是问："你是来代替诚仔的吗？"松鼠狗满眼兴奋，又蹬起后腿，模仿人站立。阿淇定神片刻，辨识不到是真是假，喃喃自语："我怕亲戚朋友说我黐线①……"继而，就给松鼠狗改名，本来想叫它诚仔，想了想，还是叫松松好了。

被命名为松松的小狗神情失望起来，怎么了，叫诚仔不好吗？不过，随后它又明白，还是不要弄得太灵异，那是没有好处的。

安安分分当一只陪伴母亲走下去的快乐小狗，就好。

松松也的确很开心啊，从前为人时，阿淇早已不抱不搂，如今真是日夜都在阿淇的怀中；装作没胃口时，就有阿淇亲手喂食，并且零食又多；梳洗也有母亲代劳；更加不用上学，又不用应付三姑六婆；每天就是看电视、听电台、玩球玩绳玩狗骨头。

阿淇也比从前笑容多了，毕竟，照顾狗比照顾人容易。从前，阿淇在茶餐厅工作半天，现在就有空工作一整天，收入多了，也有闲心整理仪容。她买了新衫、剪短了头发，偶然薄施脂粉，看来清爽有朝气。阿淇才四十一岁，根本就不老。

阿淇有了新兴趣，她参加社区中心的 *K-pop* 舞蹈班，本来只想运动一下，却发现了自己很有节拍感，体力也足够。跳着跳着，活力、生命力、青春感都回来了，导师也赞她有天分，于是，人生就有了新目标。有时，阿淇在家里也跳，松松十分喜欢看，会在一旁伴舞，傻傻弹蹦蹦跳。

---

① 粤地方言，意指言行举止不正常，有精神方面的疾病。

后来，阿淇愈来愈少在家，松松就猜想，阿淇除了在茶餐厅、舞蹈室外，还去了哪里？

啊，终于有一天，阿淇把一个男人带回家，外卖吃不到一半，就互抱上床了。

松松明白是怎么一回事，虽然有点不习惯，但知道这不是坏事。而且，那个男人身上有种可口的气味，松松分辨得到，那是面包香。

他是街尾那间面包店的师傅，叫阿伟，比阿淇年轻四岁。

诚仔去世差不多一年了。松松盯着阿淇那关了门的房，知道阿淇已经放下诚仔了。

阿伟和阿淇发展稳定，阿伟也喜欢松松，赞它比一般小狗乖巧聪明，松松心想，那当然了。

从前做人，什么都不合格；如今做狗，一切超额地出色。

后来，阿伟和阿淇接手了阿伟工作的面包店，松松就荣升为狗店长，有它坐镇，甚受街坊欢迎，生意很好。只不过随便出招摆个可爱造型、做些傻瓜表情，就跃升"网红狗"了，甚至有区外的爱狗之人专程来探望松松，又拍照又摸头又盛赞。呵呵，松松真心享受啊。

数年间，阿伟多开五间分店，然后买了房子；阿淇继续跳舞兼经营舞室，意外地在四十五岁那年怀孕，那就不如奉子成婚。从此，家里有了女娃娃。松松超级爱那小女娃哩，总是伏在婴儿床附近守护她……

这就是第9号当铺当中客人变成狗的前半段故事。

Chapter 3

看到这里,韩磊的五官挤到一起,表情难看得要命。"有无搞错!"就是他的心里话。

韩磊觉得搞错的是,干吗,由人变狗的客人居然如此幸福?

韩磊快速搜画选播。看到阿淇五十岁了,那只松鼠狗竟然还在!都已经九岁了吧!谁允许它这样长命!

然后,阿淇的女儿小学毕业,松鼠狗也十六岁了,一家三口连同狗狗出现在毕业照片中,全家的笑容都真心灿烂,都好相像。

韩磊震怒,忍不住要说:"岂有此理!"爆谷被泼得一地都是。

松松最终有二十年寿命。到死的那天都被这家人深深爱着,遗体火化后被制成吊饰,挂在阿淇的颈上。阿淇把松松与诚仔的照片并排,在心里说:"我知道,你是来代替我儿子的。"

不知是否错觉,两张照片中的诚仔和松松的眼睛,都被蒙上一层泪光。

变成松松的诚仔,没有一刻后悔过。

放在第9号当铺典当物架上的是一个玻璃瓶,当中的一抹绿色气体,代表人的命。

这架上的位置空空的,本是预留再放上其他瓶子或木盒,可是,看来已不需要了。

这单交易,客人以典当物换来超额又绵长的幸福。已可断定,这次交易不会有后续。

后续的意思是,客人再来当铺,打算进行另一层次的交易。

韩磊感到难以置信,因何乐祐晨和幽雅要让这种智障青年如此好过呢?

结论是:"是时候惩罚第9号当铺的两名老板!"

Chapter 4

连环杀人犯
Serial Killer

不是所有异常行为都需要心理学分析。

Lenny 认为,他之所以杀过十一个人,不过是因为纯粹的喜欢;如同有人喜欢看情色片,有人每餐都要吃辣,有人非去旅行不可。

心瘾这回事并不神秘。只因为觉得有兴奋感、做得成、能满足,于是,心痒痒想一做再做。

此刻,第十二名受害者被 Lenny 锁在家居地牢里的座椅上,他是一名三十四岁的侏儒,名字是 Otto,今天之前,他俩没真正见过面。

选上 Otto 不是因为他是侏儒,Lenny 不是那种有偏向性的连环杀人犯。Otto 成为受害人,是因为他答应了来这里见面。

Otto 刚从昏迷中苏醒,发现自己被封了嘴,又被锁在地牢中,看见 Lenny 坐在五呎①的距离观看他,Otto 就瞪大惶恐的眼睛企图发声求救。

呜呜呜呜呜,就是 Otto 能表达的所有。

---

① 英尺的旧称,一呎约为三十点五厘米。

Chapter 4

Lenny 的神情一如平常的温和,甚至挂了个和蔼的微笑。

他是连环杀人犯,但他从不喜欢变态的表现和细节。

Lenny 究竟是个怎样的人?他四十岁,六呎二吋①高,瘦身材,橙棕色头发,绿眼睛,五官端正,皮肤略干,架一副方框眼镜。他在一间室内设计公司当园艺师,主要负责设计小洋房附属的小花园,较大的项目是服务镇上的湖泊公园。

大家都认为,*Lenny* 斯文害羞,做事细心尽责,他有个特点,说话很慢,给人思考完毕才说出来的印象,慎言而内敛。

他独居在亡母留给他的三层老洋房中。基于职业形象,他把自家院子打理得缤纷可观。

Lenny 虽然没什么知心友,但没有人不喜欢 *Lenny*,他与同事、街坊都相处得好。

正如所有社交生活不活跃的人那样,*Lenny* 会在网上结识朋友,*Otto* 原本就是网友。

Otto 早已声明自己不是同性恋,*Lenny* 亦明言不是。*Otto* 来探访 *Lenny*,不过是因为长周末假期没节目,有点闷,想交个新朋友。聊天又聊天之后,*Lenny* 也不觉得必然会选 *Otto* 成为他的第十二个目标,其实,*Lenny* 同一时候又与另外两名女生在网上聊天。如今 *Otto* 被锁在地牢中,只因 *Otto* 主动提出聚一聚,而 *Lenny* 又觉得这个人会是一名适合的受害者。

适合,是因为 *Otto* 无业,没亲近的家人和朋友,又由别

---

① 英寸的旧称,一吋约为二点五厘米。六呎二吋,即身高接近一百九十厘米。

的州前来。要是 Otto 失踪了，也没什么人会关心和留意。

再深入一点分析，就算 Otto 适合成为受害者，也不一定会遇害的呀！Otto 之所以会遇害，需要杀人犯的杀人瘾起。

已差不多一年没杀过人了。偶尔要做令自己开心的事，对吗？

连环杀人犯都有一个共通点，那就是，连环杀人犯理解不了受害人被他伤害的惨痛，对受害人的苦楚产生不了同理心。受害人会被连环杀人犯物化，落手杀人的，不会把被他杀害的人当成是人。

受害人是连环杀人犯寻求心理满足的玩物。

在连环杀人犯看来，杀人是开心事，人有责任令自己开心，所以不能懒，适时就要做。

此刻，Otto 以惊恐的眼神瞪着 Lenny，企图向 Lenny 求饶。Lenny 把 Otto 这凄怆、仓皇的表情看够了，决定把事情推向更高的层次。

Lenny 在十九岁杀第一个人，那是一名二十三岁的女生。她刚与男朋友吵架，喝了许多酒，经过 Lenny 家前，看到他家花园种的橙树有橙，就爬进去摘下一个。Lenny 的母亲去了别的州探望亲戚，他在那个晚上独处，当看见有人偷橙就不高兴了，于是走到院子准备指责那名女生。不承想，女生见 Lenny 长得不错，就想玩玩，想从他身上得到慰藉。后来，她死在 Lenny 的地牢里。死前他们有做爱，但 Lenny 是第一次，早泄了。女生夸大了她对男性的恨意，耻笑了 Lenny 数句，Lenny

Chapter 4

就忽然发狂勒死她。

事后，Lenny 对尸体发呆了好一会儿，并且有后悔，然而，他后悔的是，勒死女生的过程太直接太简洁，并没有好好深入享受受害人的惊惶表情，如果有下一次，必须让对方慢慢死，这才是整个过程中最过瘾的。是的，如果有下一次，一切都要做得更对、更合个人口味。

女生的尸体被埋在后花园的土壤深处。往后院子中的玫瑰、牵牛花、杜鹃开得那么灿烂，是有原因的。

这时候，"温馨提示"来了，Lenny 告诉 Otto，接下来会受点苦。正如牙医告诉张开了嘴巴的病人那样，要有心理准备，会受点苦。Otto 听罢，眼泪直流，心知这次大概是没救的了。

Lenny 有一套经常护理和使用的刀具，他从刀袋中选出一把，伸到 Otto 眼前。看着 Otto 的眼珠乱溜，Lenny 感觉良好。

Lenny 爱看受害人的眼神，所以他最后才处置他们的眼睛。Otto 的眼泪不住地流，所有绝望、不解、懊悔、震栗都挤在表情中。

细节就不必形容了，画面也没什么太恐怖的。想想看，屠牛宰猪亦无情；鱼生师傅给鱼切片起骨都是类似的事。

后来 Otto 死了，Lenny 也累了。这样虐杀了受害人，就觉得心瘾解了。

通常，Lenny 不会留下受害人的器官或残肢作纪念，因为他不爱做标本，但他会储起受害人身上的小物。例如，这一次，Lenny 选了 Otto 的鞋带。Otto 的鞋带是红白相间的，说是特意为这次会面配衬的。真是的,那么有心。那,好吧,就留起它,纪念这次相知相遇。

鞋带被放到一个有间隔的饰物盒中,当中也放了些耳环、手链、襟章、纽扣等小物。

Lenny 休息半天后,才把 Otto 的尸体分件,再埋到后院。

Lenny 一直不认为自己是变态,在虐杀 Otto 的整个过程中,他都没说过任何难听的话,没挂上任何邪恶的表情,没做任何怪诞的举动。

通常,在过程中,他会偶尔流露温暖的眼神,会低哼一曲悦耳的歌,最常做的是轻轻微笑。

Lenny 读过一段文字,内容说,人要活得像首诗。

啊,太美了。

他感叹后认同。就是喜欢这样的情操。

◇◇◇

最近,Lenny 察觉到自己有点变化,他喜欢上喝咖啡。

Lenny 是喝矿泉水的那类人,喜欢选购不同牌子的瓶装水。干吗,近月却喝起咖啡来,而且品尝得很专业,他会判断咖啡豆的出处、炒豆的层次。

又在某一天,Lenny 在书店的精品部看到一张小标语,就立即眼亮心燃,速速买下来。白底红字的英文写着:"人要做真正热爱的事。"

Chapter 4

这简单的一句,令他深深着迷。

噢,像是有谁曾在他耳畔轻轻说过千百遍。

Lenny 开始光顾镇上的各间咖啡店。在一间以白色为主调的咖啡店中,他邂逅了一名短发女子,她叫 *Grace*。

聊天当中,*Grace* 说了一句:"做人最紧要感觉好!"

啊,即是好 *feel* 呀!

顷刻,*Lenny* 整个人入定。

不得了不得了,好想留住她。

不过……

是想留住她然后虐杀她?

还是留住她然后谈恋爱?

Lenny 搞不懂。

啊,从此,精神上有冲突有矛盾了;心灵上感到不适应不习惯,纠结了。

Lenny 不是那种在童年时代受苦受虐的男童,他的童年正常健康;少年时期的成长岁月,亦没发生过什么扭曲的事情,没经历过太多的不安和苦恼。

Lenny 一直否定自己是变态。

如今,想去拥有去保护,甚至去爱去宠这名女子,他才觉得自己好变态。

不是平常的自己,还不是变态?

◇◇◇

第9号当铺中，幽雅忙这忙那。

最近，都是幽雅负责所有大小事，冲咖啡与客人聊天，然后进行交易和签合同，最后把客人的典当物放置妥当。这阵子，乐祐晨总是没精神，万事提不起劲，呆呆昏昏的。

刚在书房送走了一名客人，韩磊就来了。

韩磊见不到乐祐晨，就对幽雅说："他不在了，我陪你！"

幽雅知道是怎么一回事，就是臭屁孩在搞鬼。她没好气地说："又作弄我们？"

谁料，韩磊一听就反应极大，把头颅膨胀十倍，再配以穷凶极恶的表情，大喊起来："差得过你们对那白痴仔那样优待？！"

啊，是为了这事。

幽雅自知理亏，所以不争论。

她只是说："林教授与Carla的个案会有后续的。"

两宗好交易抵得住一宗坏交易吧。

韩磊也就收起恐怖大头状态，恢复正常模样，严肃地说："你好好给我处理！"

幽雅挂了个赔不是的笑容，说："我立刻现身将来给你处理！"然后，见韩磊不再说什么，她就问："究竟，你把阿晨怎么了？"

忽然，二十多盒光盘从书架上分散飞跌到地面。韩磊说："你不是很喜欢看这一类片子吗？"

幽雅垂眼一望，当中有《天生杀人狂》《沉默的羔羊》《七宗罪》《香水》《老无所依》等等,都是有关连环杀人犯的故事。

韩磊消失。幽雅收拾这些光盘,心想,这次臭屁孩的整蛊,有点棘手。

◇◇◇

Lenny 约过 *Grace* 去看电影和吃晚饭,他发现他是真心喜欢约会这活动。

电影不怎样,不够好笑又不够情深,但 *Lenny* 在电影院开心笑了许多次,也竟然为了幼稚的剧情感动。看了看 *Grace* 的侧脸,*Lenny* 对自己说,下星期要再有约会。

晚餐时分,*Grace* 说自己的事,*Lenny* 专注地把每个字听入心里。*Grace* 三十四岁了,不是什么大美人,在市政厅当文员,日子过得简单平静,可说是个平凡的小镇女子。欣赏 *Grace* 的人大概不多,但 *Lenny* 被她惊艳到了,觉得她真正美真正好。

Lenny 找到最新的热爱。

美酒佳肴,乐队悠悠伴奏。*Lenny* 没有分心留意,有一名独坐在角落的亚裔女子,整晚都在注视他。

那是幽雅。

◇◇◇

另一个时空。

幽雅来到老人院要求探望林教授,那年林教授七十七岁,还有五年寿命。

林教授被职员带到会客室,他一眼就认出这名束马尾的美丽女子。当铺交易已过去十七年了,当铺老板娘依然如昨,而自己……

林教授坐到幽雅面前,没称呼她,他红了眼垂下头。

幽雅说话了:"林教授,我是来看看,第9号当铺可以怎样帮助你。"说罢,幽雅心知,"帮助"此二字,用得不正确。

她不是来帮他的,她是来做当铺的后续生意的。

林教授抬眼,凄苦地说:"我绝对明白了,失去尊重的人生会发生什么事。"

深切感受了十七年的苦,简单来一句总结。

幽雅语带歉意:"我知道林教授过着怎样的日子。"

林教授苦笑,摇头。"是我自愿的,达成心愿就要有所牺牲。"

看得通透,就好。

不过,就算能看透世事,苦还是要受。

幽雅为林教授难过。

看出了面前美人的怜悯,林教授想说点正面的事。他挂了个笑容,说:"老板娘,在当铺那天你曾说过,人要做真正热爱的事。过了这十多年后,我终于想通了,我也有苦中作乐的呀!这里的人把我关在厕格内,起初我就看书,一本一本地看,后来,我把笔带进去,他们不给我纸,我就用厕纸写作,都写了三卷厕纸书了!"

林教授说时故意笑得响亮,幽雅看着,却更想哭。

人要做真正热爱的事。

是的,她常说。

林教授又说了:"在不好的日子里,要过上好日子啊!"

不得了,幽雅已泪凝于睫。

林教授从裤袋拿出一小片厕纸给她,并说:"没写字的。"

幽雅哭着笑,接过。

不成不成。她不是来让客人见笑的。

幽雅拭去泪水,入正题了:"我来,是想告诉林教授,你还有五年命。"

林教授幽自己一默:"啊,我可以写十卷厕纸书了!"

幽雅说:"不如出版吧!"

林教授笑起来:"怎可能仍会发生这种好事?我是个不会被尊重的人呀!"

这名客人真是质素高,能适应苦况,又不作无谓妄想。

幽雅说出重点:"我想让林教授知道,第9号当铺有后续服务。"

后续服务?林教授并不知情。

幽雅说下去:"如果林教授想终止所受的苦难,在人生的最后五年得到尊重,我们可以安排另一次典当。"

林教授一听,整张脸就燃亮了希望。只是,他想到的是:

"我还能拿什么出来典当?"

幽雅直接说:"灵魂。"

说完,幽雅在心里淌下一滴泪。身为当铺老板,她最不喜欢的就是后续的交易。

人的灵魂,是何等神圣、珍贵。

不要交出来……不要……

但当然,幽雅知道,九成商讨后续的客人,是会答应的。

林教授慎重地点头。

看吧,没有例外。

幽雅默言。

林教授说:"我受够了……受够了……想过回似'人'的日子……"

幽雅明白林教授的心情。

这时候,林教授问:"人典当了灵魂的话,会怎样?"

幽雅告诉他:"那会是在你死后才交接的事,第9号当铺只负责安置灵魂。至于怎么利用、怎么处置,是另一层次的事,我这个当铺老板不能干涉。"

全是欲言又止、不清不楚。

这样子的回复,适合她当铺老板的身份。

完成后续典当的灵魂最后会被怎么处置,其实她是知道的。

有些客人会追问下去,但林教授没有。

他不管了,只想得回久违的尊重。

林教授已经在想象将来数载的好日子:"把我的厕纸书卷

拿去出版，一定轰动！虐待老人，社会话题呀！"

幽雅垂眼不语。

后来，在一个夜里，幽雅捧着盛载林教授的尊重的玻璃瓶再来老人院一趟，把那抹代表尊重的紫色光芒归还给他。

林教授含着欣喜的眼泪签了当铺后续合同。

事成后，林教授记起了当铺的另一个老板，于是问："乐老板呢？"

幽雅避重就轻地说："我就是为了他才来处理你的后续个案。"

◇◇◇

乐祐晨每天睡二十个小时以上，就算醒来了，也双目无焦点，不吃不喝又认不出幽雅。

幽雅侍候他沐浴梳洗，又喂他吃喝。她给他抹脸，轻轻在他耳边说："我们不能永远被摆布。"

乐祐晨的眼神没显露反应。

幽雅替乐祐晨穿好衣服，又扶他上床。

幽雅更衣，准备再次前往那个小镇。

◇◇◇

Grace 特别热衷制造动物布偶，她以无伤害性物料缝制布偶，再在网上卖给有小孩的父母。

这夜，Lenny第一次参观Grace的家，看着一室的布偶，他对Grace的手艺赞不绝口。但他心里掠过这样的一句："要留下纪念品的话，这种布偶也太惹人注目了！"

瞬即，Lenny面色一沉。

怎么了，是对Grace有那种念头吗？

已经没燃起杀瘾一段时间了。

不是已经以爱意替代杀意吗？

本来兴奋的心情，已换上茫然。

Grace没看到Lenny脸上的阴霾，她正在厨房忙着。这次，是Grace邀请Lenny来她的家。已经约会了四个周末，Lenny也未拖过她的手，也别说接吻了，这进度真的不行，Grace觉得需要为这段关系再推一步。由上午开始，Grace一直在准备晚餐，刚才小休沐浴，已换上新买的性感内衣。对于这夜，她是很有期望的。

餐桌的美食很丰富，有前菜有汤有烤鸡有烤羊有柠檬派。美食舒缓了孤男寡女相处时的紧张，Grace也故意给Lenny添酒，最好大家都有三分醉。

当Grace提议到沙发上坐下来听音乐时，Lenny就知道终将会发生点事。

Grace再喝了点酒，就说："到女生家来很害怕？怕女生会吃掉你？"

Lenny在心里"唉"了一声，心想，这名可人的女生有所

Chapter 4

不知了。

Grace 伸手轻抚 Lenny 的头发，Lenny 合上眼，告诉自己，好歹，都试一试⋯⋯

Lenny 是鼓起勇气才吻 Grace 的。

人要做真心热爱的事⋯⋯

吻着吻着，带动了许多温柔的念头。要好好经营这段关系，好好爱惜她，也许，可以生下一儿半女，下半生过着平凡幸福的小日子⋯⋯

沙发中，Lenny 压在 Grace 的身上。

Grace 呻吟。

愈吻愈激烈。

但是，因何，Grace 由享受的低鸣变成痛哀？

Lenny 张开眼。

他看见，自己正以双手紧勒 Grace 的颈，Grace 快呼吸不了了。

Lenny 问自己，在干什么。

Grace 挣扎，眼神好惊恐。

噢，果不其然地，Lenny 被受害人的惶恐眼神吸引过去，他想看更多。

于是，他把对方的颈勒得更狠。

Grace 流眼泪了。

不知怎地，Lenny 也流泪。

他是一边使劲企图勒毙她一边流泪。

我究竟在做什么？

我，究竟是谁？

忽然，门铃响，他心一寒松开手，愣住。

Grace 趁机推开他，飞奔去开门。

门外没有人。

Grace 不理会了，她走出自己的家门，跑得远远的。

Lenny 走到门边，看到地上放有一箱咖啡豆，他捧进来。

Lenny 嗅到浓浓的咖啡豆气味，就清醒了半分。咖啡豆的包装上有字，写着："人要做真正热爱的事。"

Lenny 在心里说："对，我不热爱杀人，教我如何杀？"

Grace 折返，带来两名在不远处巡逻的警员。

Grace 进屋，哭着指责 Lenny 企图谋杀她。

警员上前把 Lenny 制伏，Lenny 没反抗，但愕然地望向 Grace，问："你是谁？"然后再问："这里是哪里？"

对面的街道上站了些看热闹的街坊，当中有一名不住在这社区的亚裔女子，姓幽名雅，不知有没有人留意。

◇◇◇

当乐祐晨的意识知道自己被附在一个陌生的躯体上后，幽雅就能把他的意识带走。

清晨前，幽雅走到这小镇的监狱，把乐祐晨的意识从那个连环杀人犯身上抽离，带返第9号当铺。

Chapter 4

玻璃瓶内的意识是粉红色的,乐祐晨是个非常注重爱情的男人。

把意识归还到躺在床上的乐祐晨的肉身后,幽雅悄悄对他说:"你好好再睡一回,我去找他算账!"

那个臭屁孩在哪?他在放置典当物的空间内,正坐在地上,围在身边的是不同客人的典当物。

他把眼珠拿出又放回,伸手进瓶子拨弄黄色的气体,然后又闭目思考些什么。

韩磊究竟在玩什么?

幽雅不理会了。她气冲冲的,这次,她决定要发狠:"不可以再把我老公的意识套在杀人犯身上!"

被找晦气了,韩磊就瞪大眼,诡辩说:"我以为你会欣赏的呀!有人杀人给你看,不兴奋吗?你不是最中意那些变变态态的吗?"

幽雅重申:"搞我老公就万万不能!"然后,又大声说:"你就算不满意诚仔的个案,也不能这样子搞我老公!我老公不杀人!不做连环杀人犯!我不要我老公做任何扭曲他本性的事!我老公的里里外外都要完好!元神、精气、意识都不能被搞坏!"

看着幽雅这样激动认真,韩磊就觉得好笑了。"玩玩而已!很久之前有一次,我把你老公变成一只怪虫,期待你拍死它,可是你却养了它两日!知道它真身之后,那种惊喜好玩吧!上次,我把你俩流放到地底世界的两个角落,谁知,你们半天就找回对方，真是无聊死了！那有什么好玩？这次，你看，你起码花了点心思才把他的意识带回来，游戏就显得有深度有层次呀！"继而说："你看你，被我吓一吓，人更亮丽了，又懂得把林教授的后续典当处理得那么好！"

幽雅故意说："*Carla* 的后续，我有心情才做！"

韩磊倒是有提议："既然不忙，我们玩点新的！"

臭屁孩指向地上的瓶瓶盒盒和器官。

幽雅皱眉。"你又搞什么！"

韩磊说："我正精研一种新人种！"

幽雅就骂了："胡来！"

韩磊摇头感叹，遗憾地说："你变了！小时候的你好玩得多！"

韩磊总是满口"玩玩玩玩玩"。

幽雅望进韩磊的眼睛内。这九岁模样的臭屁孩，眼神最深处的那一点，是一个九万九千岁的黑洞。

幽雅知道，不幸堕进去的话，一点也不好玩。

童趣

Childplay

幽雅的童年记忆始于五岁的某天,母亲甄玉一如平常在她上幼儿园下午班前,先到丈夫幽兴利的酒楼饮茶。

幽雅记得,那天酒楼门外好拥挤,不独有看热闹的人,也有警察和记者。酒楼经理见到甄玉就说:"细太太,你与雅雅今天不要进来了,炳叔他呀,在厕所吊颈!"

甄玉吓得花容失色,连忙带着幽雅离开。幽雅却一直在回家途中问长问短:"炳叔是斩叉烧抑或做马拉糕的?吊颈死是怎样的?为什么是厕所?可以是被车碰死而不是吊颈死吗?"

甄玉真是没女儿好气,说:"哎呀,不要再问了,小孩子问那么多,会发噩梦的呀!"

幽雅却是开心笑:"我中意发噩梦呀!"

也是的,上次发高烧,整晚都梦见一群模样怪、动作又慢的骷髅在跳舞,又向她招手,醒来后不知多怀念。

炳叔吊颈死这事,萦绕在幽雅的心头上,让她念念不忘,情况就如别的小孩听说主题公园内有米老鼠和公主城堡后的心情那样。

翌日早上,她拿起甄玉订的早报,问:"炳叔吊颈死的新闻在哪？我要读！"甄玉关心的倒是："幼儿园有教那么多生字吗？这间幼儿园都抵读①喔！"接着替女儿把新闻找了出来，她就去忙别的事了。

吸引幽雅的首先是炳叔那张大头相，啊，原来这个胖叔叔就是炳叔，有与她说过话呀，他是做虾饺烧卖的。

然后，就是那段文字。幽雅认出的有"死""厕所""绳""窗""五十七岁""兴旺酒楼"。已经能猜出有人吊颈死的新闻说什么了。

不过，故事悬念仍未全部解开。幽雅拿着报纸向甄玉查根问底："自杀死，是自己杀自己，这个我懂！但为什么啊？"

甄玉边化妆边说："有些人是很惨的！"

幽雅就问了："你对阿姨说过你很惨，为什么你又不自杀死？"

甄玉就反应大了："呸！待会见到你爸爸，千万别提这件事呀！爸爸最憎不吉利的事！"

幽雅明白了，那，好吧。

中午时分，幽雅和甄玉在酒楼吃点心。通常星期二、三、四的午间，幽兴利都会与甄玉母女聚一聚，然后，星期五晚会到甄玉的家过夜。

幽兴利给幽雅夹虾饺，她就乖乖吃，不过，满脑子是炳叔的事。偶然分神，听见幽兴利说，过两天大太太的佣人会带她

---

① 意指在这间幼儿园上学很划算。

和两个哥哥去游乐场玩。

幽雅不喜欢那两个哥哥，一个大她八岁，另一个大她五岁，他们都是大太太生的，偶尔会欺侮她。幽雅望向门口那个穿旗袍的女迎宾，她知道，甄玉本来就是站在那里工作，才二十岁就被大她二十多岁的幽兴利看中。

因为十分想看炳叔自杀的那个厕所，于是，幽雅就告诉大人她要上厕所。父母让她去了，她就故意在男厕门外望进去。啊，总共有三格，究竟，是死在哪一格？

一般人忌讳又害怕的事，偏偏幽雅兴趣盎然。

下午在幼儿园，幽雅问老师因何有人是吊颈死，接着还多加一句："我知，另外有些人是跳楼死的！"

老师非常不安，于是向接放学的甄玉说起。

幽雅一直都伶俐活泼，甄玉并不担心女儿的心理，不过，还是对女儿说："真是拿你没法子！还要把那件事问来问去！你不想老师不疼你、其他小朋友不和你玩吧！那么，就醒醒目目，不要再提奇怪恐怖的事！"

幽雅有她的坚持："我好想知个究竟。"

甄玉就说道理了："告诉你吧！有许多事，就算你想知、想做，都不能太高调、太张扬！做人嘛，表面要懂得装！装乖、装正常！懂吗？"

幽雅当然是似懂非懂，但她记住了。

回到家后，甄玉要小睡，就让女儿看卡通片。那年代的电视台有播放一套格林童话集的卡通片，当中有一个故事，令幽

Chapter 5

雅着迷到不得了,叫作《红鞋子》。故事的女主角爱跳舞,可惜买不起那双红色跳舞鞋,却在某一天得到了,她把红鞋子穿上之后,就一直跳舞,停不下来,脱不了鞋,直至死亡。

啊,世上竟然有这样吸引人的故事?神秘邪异美丽的红鞋子,牵连了人的欲望,导致了死亡……

太对胃口了!

之后,幽雅把故事对甄玉说了一遍又一遍,甄玉觉得烦厌,就送女儿一双红鞋子,要她答应不再说同一个故事。

电视台今天播的卡通片看起来很不错,叫《蓝胡子》。

幽雅看得入神。啊,阴森的古堡住了一个留有蓝胡子的贵族,听说,他之前的数名夫人都失踪了。最近,他娶了个年轻美丽的少女,他很喜欢她,希望她是他最后的新娘。蓝胡子把城堡的所有钥匙交给少女,同时嘱咐她千万不能开启地牢的门。他只要求她做这一件事,她却让他失望了,她的好奇心驱使她开启了地牢的门。啊,原来,蓝胡子把之前的夫人都杀了,六具尸骸被挂在墙上。

幽雅眼也不眨地看到结局,最后,她满意地舒了一口气。

晚饭时分,她告诉甄玉:"哗!那蓝胡子一样把少女杀了!地牢又多了一具尸骸了……"

甄玉想了想,就说:"故事的教训是,做女人要醒目、听话,要不然下场好惨呀!看吧!就算那个什么颜色胡子好喜欢那个女主角,都一样要杀死她!要是女主角够醒目,又够听话,就算遇上更变态的,也不用死啊!"

说完后，甄玉就觉得这套卡通片很有教育意义，要让女儿看下去。

其实，幽雅颇喜欢甄玉的，听说，有家长禁止子女接触恐怖和怪异的事情，说是怕对子女有不良影响。甄玉的育儿重点，却从来不在此。甄玉只要幽雅够乖、能讨幽兴利欢心，就什么都好。

那天晚上，很有点特殊。幽雅在将睡未睡时，蒙蒙眬眬看见一个男人坐在床尾望着她，幽雅瞪大眼看真些……

她低叫："炳叔！"

居然把炳叔召来了。

床尾的炳叔以缓慢的语调说："雅雅……你好想知因何我吊颈死在厕所里……"

幽雅在床上坐起来，向炳叔点头。

炳叔告诉她："我欠赌债……问洗厕所的阿祥借钱……没钱还，他逼我……我就死给他看……"

"啊。"原来如此。

炳叔消失了。

翌日，幽雅把与炳叔见面的事一五一十告诉母亲。甄玉的反应是："我正正常常，怎会生了一个古古怪怪的？唉，算了，不管了！不过我警告你呀，见到你两个阿哥时，记住给我扮正常呀！"然后，是这一句："免得有人说我邪花生邪物呀！"

哦。幽雅记住了。

到游乐场玩的那天，幽雅被大哥二哥作弄，他们想吓她，把她带入鬼屋后,两个男孩就自己偷走。

其实,这正合幽雅心意,游乐场最好玩的设施,不就是鬼屋吗?走着走着,遇上女巫时,她尖叫完就笑;遇上扑出来的木乃伊,她抱住对方的腰不放,中意死了。

走到分岔路时,一名大约九岁、穿得像小绅士的小男孩向幽雅招手。幽雅走过去,关心地问小绅士:"你迷路了吗?"

小绅士惊讶:"你真看得见我!"继而,小绅士朝空气看了看。"啊!你也看得见死人!哈,你喜欢暗黑事!"

幽雅不理会小绅士对她的剖析,她只想说:"一起玩!"

小绅士却说:"这里不好玩!我带你去一个更好玩的地方!"

立刻,他从裤袋里掏出如豆般大小的门,门开了后,就示意幽雅与他一同内进。幽雅问:"去哪里?"

"地狱。"小绅士说。

"哇!"幽雅来一个兴奋的反应。

小绅士的表情则是:"竟然有人喜欢地狱,怎会如此?"

门后的地狱有火海、巨型油锅、熔岩地、冰墓、剑雨阵、无底堕崖区……以及万劫不复的亿万抹苦魂。幽雅跟着小绅士步行了一会儿,当脚触碰到熔岩地时,小绅士就拉起她的手飞弹,幽雅咔咔咔笑,被领在半空速游地狱一圈。

游完地狱,幽雅意犹未尽,向小绅士要求:"下次下次,再一起去地狱!"

小绅士觉得眼前这名人类小女孩蛮有意思。他介绍自己:"我叫韩磊。"

幽雅爽快地说:"我是幽雅。"

韩磊故意令自己的眼睛变红,幽雅看得瞪大眼,然后吃吃笑。

幽雅笑,韩磊也笑了。

从鬼屋出来后,两个哥哥问幽雅:"吓昏了吗?这么久才出来!"

幽雅不经意地回答:"去完地狱嘛!"

抬头,除了看见蓝天,也看见韩磊坐在鬼屋屋顶上。

两个孩子在一天一地交换了笑容。

从此,韩磊常来找幽雅,在她的小房间内,为她带来丧尸、厉鬼、异形、蛇头魔女、无头骑士等朋友;又送幽雅噩梦,在梦中从摩天大厦天台推她下去、抛她进火车轨碾毙、在她身上点火焚烧……

幽雅在阵阵尖叫中午醒,不过,定神过后,她坐在床上笑,甚为回味。

"再来一场噩梦好吗?"她双手合十祈祷,作出请求。

有一次,韩磊与幽雅玩幻觉,用斧头把她斩成一截一截,结果她狂笑不停。韩磊有感而发:"你这种人,在人类社会长久生活实在没意思,你跟我走吧!"

幽雅明白韩磊的意思,她收起笑脸,拒绝了。"不!我不跟你走!我妈妈会伤心的!"

韩磊看了看幽雅的年寿,又的确时辰未到。

不过,不必等太久……

Chapter 5

好吧,就由得她继续长大。

当幽雅九岁时,她察觉到一件事,就得意地对韩磊说:"我长大了,而你没有!"

韩磊嫌弃得很。"小女孩变少女再变女人,你可知有多讨厌!"

幽雅觉得韩磊不喜欢成年人类是为着一些原因,于是她说:"就算我长大到二十岁,我们都是好朋友!"

韩磊一听,就怒目而视,恶形恶相起来:"我们才不是好朋友!我才不与人类做朋友!"

幽雅就不解了,她皱起眉来:"但我们已经是好朋友了呀!我们一直一起玩的!"

韩磊的眼睛渐渐变红,这样对幽雅说:"我和你……从来不是一起玩!我和你,是我去玩你!"

幽雅答不上话来。她听得明白,什么是"我去玩你"。

韩磊的眼睛好红好红,犹如血。

他用这双血眼睛盯住幽雅。

幽雅觉得这种眼神太异样了,她避开了韩磊的目光。

她真心当他是朋友。朋友,是不会有这样子的眼神的。

当韩磊的眼睛变成全血红后,他就消失了。

之后,韩磊来得少了,来了也不作声。

幽雅如一般女孩那样生活,乖乖地读书,顺着母亲之意行事,人也出落得标致动人。

幽雅愈长愈高,当韩磊来看她时,他要站到稍高之处才能与她平头。

此刻,十六岁的幽雅正在全身镜前把一些新裙子披在身上比较效果,韩磊的小脸从后面探出来,不过,幽雅看不见。

韩磊的眼睛又如血般红了。

幽雅不会知道的了,在那特别的一年,韩磊想过把她永远定格在九岁,那双血红眼睛,本来在下一秒就释放出魔力。可是,一句话浮现过后,韩磊改变主意,留了手。

就是这一句:"让她成为她自己。"

接着,韩磊的心胸位置痛了。这才是最灵异的,韩磊是无心脏的,因何,会心痛?

韩磊不适应这感觉,所以,韩磊要少见幽雅;当想见她时,也最好偷偷地见。

虽然,幽雅说过,到了她二十岁,仍然会和他一起玩。

韩磊知道,是不会的了……

纵然九岁的她是真心,但当她到二十岁,就不一样了。

幽雅选好了新裙子,被选中的那一条挂起来,其余的收回衣柜里。

嗯,不知道她要穿新裙子到哪里?

幽雅伸一伸腰,走出大厅,把新买的一些恐怖片光盘拿出来,选了一部播放。

她捧来一大包薯片,望着电视荧幕的眼睛满是期盼。

韩磊悄悄地坐在她身旁,打算默默陪她看。

热爱之物

Passion

比幽雅年长三岁的乐祐晨成长在一个会计师世家,他的祖父乐百川是著名会计师,开设了自己的会计师行,两名姑姐是执业会计师,都在乐百川的会计师行工作,父亲乐江河是长子,可是,他并没成功考取会计师牌,但也同样在乐百川的会计师行"打趸"。

乐祐晨自小衣食无忧,住大屋坐靓车,幼儿园的毕业旅行是去美国迪士尼乐园。

但自小,让乐祐晨最印象深刻的是,每次与父母去试一家新餐厅,都会听到乐江河品评又挑剔的话,最常听到的是:"如果是我经营,出品会更到位,生意会更好!"

母亲冯晓悦不会搭腔,但有时候,乐祐晨会见到母亲面色一沉。

赞同及附和父亲的,永远是乐祐晨,他会兴奋地说:"好呀好呀!开餐厅开餐厅!"

然后,会听见乐江河这一句:"好可惜!我没有机会做自己真正热爱的事!"

事实是,乐江河一生都没有开过餐厅,他只是重复地去寻找新餐厅，重复地批评别人做得不够好。

乐江河亦没有离开过不被重用的家族会计师行。

渐渐地，连乐祐晨都看得出，乐江河最擅长的不是品评美食，而是抱怨。

抱怨乐百川要他读没兴趣的会计专业；抱怨两个妹妹在工作上不尊重他；抱怨自己结婚太早，实现不了去法国学厨的理想；抱怨这个城市的租金太贵，要开餐厅的话，成本负担不来。

后来，冯晓悦与乐江河愈行愈远。冯晓悦中学毕业后加入零售业，在转职又升职后，最近三年都服务于一家日本连锁便利店集团，更晋升到管理层。工作出色的她，在乐祐晨十岁那年被派往日本受训，当告诉丈夫此事，乐江河的反应是："是你好运！是你好福气！能投身自己热爱的行业！"

一向少说话的冯晓悦，这回忍不住说："我第一份工是卖十元的厨房用品，天天对着纸杯胶碗洗手液，真的说不上什么热爱。也许，怨少些、用心些，人生的路会走得如意些。"

多年来，冯晓悦都在为丈夫设下台阶，如今，她已无法再做保持沉默和维持和谐的那个。

在日本工作半年后，冯晓悦提出与乐江河离婚，以后，乐祐晨跟随乐江河生活，冯晓悦一直留在日本。

往后的日子，乐江河的抱怨主题，多添了婚姻和女人。

乐祐晨习惯了乐江河的脾性，没怪责。他倒是常问自己，自己真正热爱的是什么。

Chapter 5

在十二岁第一次品尝手冲咖啡后,乐祐晨就喜欢了,他有成年人的舌头。

乐江河也乐得与儿子结伴搜寻优质咖啡,呵呵,亦因此,乐江河有了新的挑剔系列,如今,他自视为咖啡专家。

乐祐晨忽发奇想,提议父亲不如办一个网站,专门给食客吐槽。乐江河很有兴趣,甚至想出了名字:"网站英文名叫 *Bad taste*,中文名索性叫'难吃'!"但当然,乐江河继续是只说不做。

在中三的暑假,乐江河安排乐祐晨去日本与冯晓悦小住一个月。当冯晓悦上班时,乐祐晨就走遍大街小巷的咖啡店,啊,真好,优良的、特色的、有气质的咖啡店多得是。

然后,他看到一家花棚咖啡店,真是惊艳无比。全白的小屋外建了一个花棚,不同的绿色攀爬植物缠绕在竹棚上,遇上了花开的季节,红色紫色的花从花架上垂下来,最美的是,一名看起来像是大学生的少女坐在花棚下喝咖啡看书。

这不是人间最好的风景吗?

少女望了乐祐晨一眼,他就不好意思地走进咖啡店的室内。他发现,咖啡店有出售自家绘制的明信片,他买了一张以水彩描画的花棚角落。

以后,乐祐晨再来过两次,在那花棚的位置,有开心聊天的三名中学女生,也有相对凝望的情侣。但都比不上少女独坐那景致。

他没有喜欢上那个喝咖啡看书的少女,他是喜欢上女生独坐在花棚下的情调。

乐祐晨把那张明信片珍而重之，他打算将来开一家相似的咖啡店。

回香港以后，他就去找有关世上特色咖啡店的书刊。翻过好几遍后，他还是认为，花棚咖啡店才是真心所喜。

乐江河问过乐祐晨有关冯晓悦在日本生活的情况，乐祐晨轻轻带过就算。然后乐江河充满负能量，断言："女人太拼命工作，一生不幸福！"乐祐晨倒是想说，冯晓悦过得很好哩，有交往的对象，又考虑在当地置房子。

乐祐晨是爱父亲的，但他要自己一定不可以似父亲，要对自己热爱的事情有所行动。

好！决定了！开咖啡店就是他要做的事。

祖父乐百川一直有向乐祐晨灌输财经方面的常识，乐祐晨对经济科有兴趣，也读得不错。当他发现自己已看得懂股票买卖是怎么一回事，就常留意股票消息，然后借用乐江河的股票户口投资，最后给自己和父亲都赚了钱。往后数年，乐祐晨算是少年小富了。

乐祐晨留在这个城市读大学，入学时用投资收入买了辆帅气的座驾代步，这事让他变得瞩目，女同学都在议论这名长得好看又有钱可花的新生。

乐祐晨知道自己在一堆穷酸男大学生中有优势，于是，就放胆追求外表最好的女学生。听说，校花是比他年长一级的兼职模特儿 *DiDi*，乐祐晨就出手了。猜不到，没什么难度就能约会她。拖手两星期后，当乐祐晨说了暑假请 *DiDi* 坐商务舱去欧洲，当晚他就得以经历人生的第一次。

暑假时，乐祐晨真的带 *DiDi* 去了欧洲。她食好住好，又收到名牌包做礼物，于是就乐意天天对着他笑。不过，*DiDi* 不喜欢坐在咖啡店里，她认为，坐着发呆好浪费时间。那么，当乐祐晨去感受不同的咖啡店时，*DiDi* 就去 *shopping*。

然后在捷克，乐祐晨找到一间有花棚的咖啡店，要出动到利诱才请得 *DiDi* 去坐一坐。不过，当 *DiDi* 一坐到花棚下，乐祐晨就知道不对劲了。

没错，*DiDi* 时尚美丽，甚至是这条街上最动人的，可是……

气质、情调、氛围、感觉……都不对。

没有让乐祐晨有那种怦然心动、好爱好爱、没有她就不行的触动。

DiDi 摆了好几个姿势让乐祐晨拍照。姿势是模特儿程度的专业，不过，乐祐晨是皱着眉来拍的，甚至觉得，因她在，一切都被破坏了……

欧洲旅游后，他就和她分手。*DiDi* 说要去做明星，乐祐晨当然祝福。

之后，乐祐晨就知道，他对女人十分有要求。

不是要求她世上最美、人品最好。

而是，他要感觉最对。

真的要取笑自己了。

虚无缥缈啊。

他是真的热爱咖啡、咖啡店。

不过,人生的更大热爱,是某个坐在花棚下,能让他感觉惊为天人的女人。

Chapter 5

婚姻
Marriage

幽雅完成中学学业后,向甄玉提出想到美国读电影专业,还未说出心愿是想成为恐怖片导演,就给甄玉的眼泪吓到了。

甄玉哭着对女儿说:"还说去外国读书?留在这里你都未必有书读呀!我终于查证了,幽兴利那个衰人在一年前与佐敦分店的传菜妹生了个女儿!怪不得,他近年一个月才来我们这里一次!是我蠢,信他说累、不舒服,原来,都爽到别的女人那里!"

啊,那好吧,幽雅留在本地升学。听甄玉的话,选了稳妥的商科。

幽雅耸耸肩。做不成恐怖片导演,就多看几部恐怖片好了。

翌年,幽兴利中风去世。甄玉最关心能分多少身家,麻烦的是,幽兴利没想过自己会早死,并没有立遗嘱。甄玉带着幽雅在灵堂上哭哭啼啼,大太太嫌这母女俩令她尴尬,就私下告诉甄玉,会给她二百万,另外亦为幽雅着想:"大哥二哥会安排份工作给雅雅,她不必担心前途!"

甄玉心知自己的名分没法律效力,亦斗不过大太太,于是接受了那笔钱,并对幽雅说:"幸好住的房子早年已转入我的名下。听说呀,那个传菜妹连房子都没有,大太太又不认她的女儿,就算幽兴利死在她床上,她一个镚儿都分不到!"然后,就说出现况:"二百万真的不是大数目,不足够我们母女俩过数十年日子,雅雅,你还是要继续听大哥二哥的话。记住,以后看见有什么好处,尽拿!"

当大哥二哥说,要幽雅不读书来酒楼集团帮忙,她就去了。幽兴利旗下有五间酒楼,其中三间是自置物业。起初,大哥二哥满腔大计,说是只保留三间自置物业的酒楼,其余要交租的两间不做,转做时尚食肆。幽雅也赞成,觉得能把集团年轻化是好事。

但不出两个月,大哥二哥就又决定把那三间酒楼的物业出售,不做了。也难怪,那可是共五亿的大数目哩!享受生活当然比做酒楼好。

幽雅知道自己要失业了,眼看要找工作,却又因着两个哥哥,结识了未来的丈夫何添。

何添比幽雅年长十五岁,家族经营小型地产生意,旗下有大量物业,是富户。何添长得不错,衣着讲究,典型世家子,是"优质股"了。他看中幽雅之后就力追,绝不浪费时间。两个哥哥频说幽雅捡到宝了,甄玉就眉开眼笑。最让甄玉高兴的是,何添不是想拍拖,而是想结婚,并明言:"我是为我阿爷冲喜!事情要快,不能拖!明天就送两层楼给伯母享福!"

遇上好价钱,甄玉当然想卖女。幽雅自己怎样想?她考虑过,自己没学历,野心又不足,也大概没什么事业前途。能嫁这样的夫婿，是好出路。

不过何添讲到明："不准工作、不准避孕，要尽可能多生！"

幽雅明白的。要是阿爷现时不死，何添多生几个的话，将来阿爷死了，就能多分数份身家。

不停生不停生，富户的全职太太都是这样过日子的了。

幽雅接受了事情的安排，她在二十岁就当了新娘。

甄玉又要指点女儿了："何家上下就是看中你乖乖纯纯没拍过拖。我教女真是教得一流！女孩子一定要乖，就算不乖都要装乖！以后，你要看恐怖片，回娘家看，不要让何添觉得你古古怪怪。"

幽雅笑起来，说："那么我让他以为我喜欢公主王子童话故事吧！"

知道女儿在暗讽，甄玉就说："*Hello Kitty* 也可以！"

幽雅把笑容撑得大大，说："内藏人头的那种！"

甄玉白女儿一眼，然后说出心底话："还是雅雅最有本事，挣得到好日子。"

幽雅无所谓地笑了笑。以后的路，就尽能力吧！

◇◇◇

婚姻生活究竟是怎样一回事？

原来，全看最高权力那位会如何对待你。

幽雅在露台种花，却不知，皆因花开得好看，何添就拔掉,并骂:"我不喜欢女人有自己的事!"

什么自己的事呢?花种得好,何添身为一家之主,能享受花开的美啊!

幽雅就推测,不必理会何添口里说些什么。事实的真相是,自己的丈夫是个控制狂、心理虐待狂。

见不得自己的女人有丁点成功感、满足感。

一旦感觉到身边人心情愉快,就去破坏,务必要令人难过。

褫夺亲近的人的快乐,就是这种人的任务。

换了是其他女人,可能会在惊愕之后哭三日,找专家、亲友倾诉。

啊,怎么嫁了这样的人!怎可能有人这样对待自己!

但当受害人是幽雅,她有独到的思考法。

她想起那个故事《蓝胡子》。是了,对付控制狂、轻量心理变态,就要扮听话,守规矩,一切避重就轻。

多年来从恐怖片中吸收的养分,没有浪费。几乎九成恐怖片当中,都有个变态的。

总会有些人本质是邪恶的,对吧!

自己的丈夫再变态,对比恐怖片的主角,只能算是小儿科。

好的,天下间的变态那么多,先处理身边的那个。

幽雅决定专攻烹饪。烹饪出色,何添有份受益;见到幽雅煮得满头大汗,亦会认为她没有白食白住,总算有点贡献。然后,更频密地行房,尽快给他生孩子,达成何添企图多分身家的目标。最后,大概,婚姻生活就不会那么难。

Chapter 5

幽雅的某部分性格很识时务。说什么爱情、被爱、被呵护?她已看穿不会在这段婚姻中得到。

她打着一份工,职衔是何添夫人。

这样子,何添吃她所煮的、睡她睡得满意后,就相安无事了一阵子。

当何添告诉幽雅他要北上公干一星期,幽雅就暗地欢呼了,难得可以摆脱他放放假,做自己喜欢的事。

首先,她马拉松式不断看恐怖片,《密室恐惧》《千虫万毒》《地狱横行》《丧尸来袭》……

看着看着,她看出了共同点。许多鬼怪的入侵,都是因为主角默许了,例如,鬼怪入梦,主角没赶它走,更与鬼怪在梦中联结;鬼怪在门外敲门,是主角自愿开门,从此一失足成千古恨……

其实,与丈夫在关系上的不平等,是否皆因自己默许?

答案是:唉,我是因为觉得嫁他比打工好。

这个嘛,何止是默许?简直是人生选择。

然后,幽雅忆起韩磊,小时候,是她默许了与他做朋友。

最爱鬼怪的她,只交过韩磊一个鬼怪朋友。

后来,他就消失了。如今,他在哪里?

幽雅望着电视荧幕低语:"我长大了,而他没有。"

继而就在心里感叹,长大了不见得更好,看吧,成年人的婚姻……

从来都没交过知心朋友,最亲近的是甄玉。可是,若然找甄玉诉苦,她大概会稍作安慰,然后一定会说类似的话:"其实这段婚姻好呀!对你有好处呀!"

天大地大,无人与她心灵联结。

挂念起小时候的暗黑玩伴。

曾经有过那样特别、亲近的朋友。

是她默许他靠近。

幽雅悲泣自己的寂寞,流了两行泪。

啊,幽雅有所不知,因着她的心牵动,触发了相应的频率,韩磊来看她了。

九岁模样的小男孩穿墙而来,坐到幽雅的身边。

韩磊望了望电视画面的内容,然后在幽雅耳畔低语:"我要看……"

于是,幽雅就果不其然地抹了抹眼泪,从光盘堆中找出那一部。

那是《僵尸新娘》。

不知怎地,影片刚播放,幽雅的心情就转好。

看着幽雅微微带笑的侧脸,韩磊感觉良好。

这个人类已经二十岁了,但仍想与他一起玩!

韩磊轻轻把手按到幽雅摆在沙发上的手背。

幽雅被一种独特的触动抚慰了。

先是一刹那的寒意,接下来却是流转的暖意。

还不知道身边有谁。

可是,已经不觉得寂寞了。

Chapter 5

不祥之兆
Ominous

翌日,幽雅走到较远的地区,她的理想是,找一间舒适的咖啡店看看书消磨半天。

走着走着,果然就遇上一间别致的,白色小屋外是一个花棚,垂吊着绿色攀藤植物,开着红色紫色黄色的花。

有两名少女轮流在这个位置拍照,幽雅站在一旁,待她们离去后就坐下来。

她要了一杯冰的爱尔兰咖啡,就是想尝点酒的味道,然后,她掏出书来看。

幽雅会看什么书?啊,是意大利作家翁贝托·艾柯的《丑的历史》。把怪诞丑陋看成有趣,剖析了丑的吸引力,也说及被视为丑恶邪异的魔鬼妖怪地狱。

电影和书之间,她其实没那么爱看书,但这一本暗黑味浓的,她就有兴趣了。

一名中性打扮的侍应阿翠拿着即影即有相机[①]走过来,问幽雅:"我们会为每名坐在花棚下的顾客拍两张照片,一张给

---

① 即拍立得相机。

你,一张钉在室内的大板上。可以吗?"幽雅没拒绝,把书捧在心胸前,挂上微笑让对方拍照。

照片好看啊!幽雅喜欢这张即影即有,嗯,自己的气质与这花棚蛮相衬。

阿翠把另一张照片钉在室内的大木板上,有顾客叫唤,她就走过去,没留意照片钉得不稳,掉到地上。不到十数秒,有顾客走过,照片被大脚扫到一角去。

花棚下的幽雅心情不错,她喜欢这里,打算再坐一会儿,她向阿翠要多一杯咖啡,另又要了水果蛋糕卷。阿翠放下咖啡时咖啡不小心溅到书上,幽雅说了句:"哎哟,是借来的,不好弄脏。"

阿翠递上一沓纸巾,上面印有"*Passion*"。幽雅才知道这咖啡店的名字。清新园艺风格的咖啡店,居然有个热情的店名。

大约两小时后,咖啡店的老板回来了,他叫乐祐晨。他经过花棚,一对情侣刚刚坐下,然后,他走进室内,就惯性地查看已钉满照片的大木板,新照片有两张,那是一名独来的女白领,以及两名少女的合照。

晚上八时,*Passion*打烊,清洁婶婶来打扫,乐祐晨则在收款机前结算。清洁婶婶发现地上一角的照片,拾起来抹了抹,然后钉到木板上。

员工都已离去,乐祐晨也准备回家了,他伸手关上大门框前的装饰灯。在幽暗中,一张照片由木板上徐徐飞跌到地上,

Chapter 5

乐祐晨俯身拾起来，一看……

这位束马尾、穿白 *T* 恤、捧着书的女子是谁？

啊，竟然与花棚浑然天成。

好配好配、好看好看。

这咖啡店营业了三年，就数她最配这花棚。

一看、再看、继续看。

然后，不知不觉，就入迷了。

手握照片的乐祐晨，被定格。

犹如被冰雪魔女凝固在冰块中，也像被海妖的眼神施咒，化身成石头。

接下来，顿觉自身能量尽失。

堂堂一个大男人，见晕、虚脱、无力。

乐祐晨坐到自己的花棚下，不由自主地流下泪。

发生了什么事？

是中了降头吗？

是入魔吗？

还是……

是找到了吗？

一直都说，真正的热爱，会是某一名在花棚下的女子。

于是，他在大学毕业后就经营这间花棚咖啡店，也请每位曾坐在花棚下的女顾客拍一张照片。

原本，这只是 *Passion* 咖啡店老板的浪漫想法，他认为，终将会遇上心目中那位虚无缥缈的理想对象。

这想法,演变成为特有的仪式、咖啡店的特色。

就是没想过,会真的遇上。

木板上的即影即有照片中,有更美更迷人的女顾客,甚至对乐祐晨主动示过好,乐祐晨都对她们没有感觉。

唯独是对手上这张照片中的马尾女顾客如触雷殛。

拿着照片的乐祐晨继续入迷。

但觉,一开始就已上瘾了。

有女街坊经过,对他说:"乐老板,还不回家?"

乐祐晨抬头,就吓着了女街坊。

那张入迷的脸苍白中渗着灰黑,双目通红。

女街坊连忙问候,乐祐晨挤上笑容摇头。

女街坊说:"不要喝那么多咖啡呀!咖啡瘾难戒的呀!"

乐祐晨虚弱一笑。

他从不上咖啡瘾,但看来,以后他会上别的瘾。

因何,迷上相中人后,不是满怀热血朝气鼎盛,反而身虚力弱气息发黑?

啊,是不是,不祥?

乐祐晨合上双眼,对自己说,不理会了。

人,要做真心热爱的事。

哪管吉祥还是不祥。

◇◇◇

Chapter 5

乐祐晨致电阿翠问长问短，阿翠就细想那名花棚女子的事。"她独坐了大约两小时，要过两杯咖啡一块蛋卷……噢，那本书应该是借的！"

这真是重要线索。乐祐晨立刻把即影即有的照片以相机拍下来，再上传到计算机，接着放大相中人捧着的那本书。他看到书名，也隐约见到书脊贴上的编号，那应该是在图书馆借的了。

以计算机搜寻，城内其中四间图书馆都有这本书，犹幸，不是热门读本，借出的只有一间。

可以怎样做？

对了，他可以每日到图书馆里等，也许，她会来还书。

那年代，从哪间图书馆借，就要回到同一地点还。

守候范围缩窄了，不过，她才借了数天，还书日期是一个月，那么，是不是每天来等？

乐祐晨告诉自己，是的。

像个尽责的侦探那样，他由早到晚流连在还书处附近，睁大"金睛火眼"，耐心地等。

有可能是她本人来，亦有可能是别人代劳。

也就体会了，做个成功的侦探真的不易。

不过，乐祐晨只等了四天。

因为何添会在后天回来，幽雅不能让丈夫知道她看书，于是，书要归还。

那天下大雨，正值下班时间，进图书馆的人都有些狼狈。

乐祐晨的眼前多人多伞多书,却还是能从人堆中看出她。

束马尾,恤衫裙,薄施脂粉,明艳。

他看着她把书归还,然后,走近她,给她看那张花棚照片,说:"我……我是 Passion 的老板。"

幽雅看了看这个高大俊朗的男人,又望了望照片,友善地说:"我数天前喝了咖啡呀,很喜欢你的店!"

乐祐晨由她美丽的脸往下望,他看到了,她戴戒指。啊,她结了婚。

幽雅不语。她看到他看见什么。

幽雅是细心的。

不过,那时候的她,还未练就到看穿一个人。

乐祐晨的心裂开了。

她又看不看得见?

但,乐祐晨还是鼓起勇气,先不管先不管,什么戒指什么"朱义盛"[①]……

幽雅的眼睛发出问号,明眸在问:找我什么事?

看着这双润泽明亮的眼睛,忽尔,乐祐晨好想哭。

终于,见到真身了。

高高大大的一名好男生,这就眼红了。他哽咽道:"我找得你好苦……"

幽雅当然愕然:"是有事吗?"

---

① 意指镀金(银)的首饰。

Chapter 5

乐祐晨说得没头没尾:"我找了你许多年……"

幽雅一脸问号。

然后,乐祐晨是这一句:"我不是变态的!"

那么,幽雅就笑了。"我猜你不是。"继而,她说:"不过,我不怕变态的。"

她笑,他就笑。

真是不得了,她一笑,就瓦解了他的紧绷和激动。

乐祐晨深呼吸,这样对她说:"我有很多话要对你说。"

说完这一句,又觉得太不妥当。啊,还说自己不是变态?听上去好变态呀!

忽尔,就在这一刻,幽雅看见异象。

万箭穿心在这个男士身上。

发生什么事?好灵异。

还未知他叫什么名字、所为何事,却已经陷入灵幻中。

而且,有这样的感觉:"是我……我会伤害到他……"

自孩童时代之后,已没联系到太灵异的事。

幽雅凝重起来。

顿感不祥……

当听见乐祐晨说:"有空吗?我想……"

幽雅就立刻回答:"有!今晚吧!"

乐祐晨喜出望外,整张脸都光光亮,他连忙说:"我的车在附近,我好想与你一同去花棚下……"

幽雅送他一抹轻笑,说:"我们未交换名字。"

接着，乐祐晨与幽雅就认识了。

车厢中，乐祐晨依然很紧张。"餐厅内有意粉，我煮意粉都蛮可以的……我不是逼你食……我不是变态的……"

哈哈，又是这一句。

幽雅想让他安下心来，她说："我喜欢肉酱意粉呀！因为像血浆。"然后，故意说："也许，我才是变态的！"

他望了望她，感激她令他轻松。

继而，乐祐晨说："经营咖啡店是我的兴趣，其实，我主要的收入，是在家中买卖股票和其他金融产品，我自中四开始就自行操作买卖，父亲和祖父都信任我，我总为自己和他们赚到钱。我大学未毕业就置了房子，咖啡店铺都是自置的……"

幽雅明白的，当一个男人向女人透露自己的优厚财务状况，就代表对这个女人有意思。

幽雅静静听着，微笑不语。

其实，幽雅最有兴趣的是，这个男生与她有什么神秘的牵连，因何，她会看到他被伤害。

在 *Passion* 内，因着是自己地头，乐祐晨就显得比较自在，他给幽雅倒了点酒，又边煮意大利粉边与她聊天。

乐祐晨说了中三那年暑假在日本遇上花棚咖啡室的事。幽雅就问："那花棚咖啡店还在吗？"乐祐晨说："我大学毕业那年再回去，已不在了。"

幽雅望着他的脸，这样说："你是有点执着的，对吗？"

乐祐晨把意粉放到她面前，尝试让她明白。"我只是坚持，人要做自己真正热爱的事。"

啊。

这一回，是幽雅被冲击了。

人要做自己真正热爱的事。

从哪天开始，幽雅就放弃了？

放弃了读电影，放弃了独立自主的日子，放弃了自己的日常喜好……

是的，人要做自己真正热爱的事。

真是再赞同不过。

可是，幽雅为了生存，苟且在一段难受的婚姻关系中，放弃了大部分热爱的事。

多凄酸，就连看一部恐怖片也只能偷偷摸摸。

人要做自己真正热爱的事，这句话，原是乐祐晨对幽雅说的。

幽雅望着乐祐晨，他开启了她的觉醒之门。

是她红了眼，是她要哽咽了。

乐祐晨就紧张起来。"怎么了……"连忙给她递上纸巾。

幽雅印了印眼角，摇了摇头，再低头吃乐祐晨为她煮的意粉。

肉酱意粉很美味，她连续吃了多口，也为了掩饰刚才忽然想哭的尴尬。

乐祐晨其实是高兴的，居然只消数句话，就击中她的痛点。

乐祐晨想，这就是有联系、有缘分、有变成知心人的可能。

于是，乐祐晨说下去："人远离自己所热爱的，生活会很苦。"

幽雅抹了抹嘴，抬头说："我懂。"待口中食物全吞下后，再说："但我有苦中作乐的！"

乐祐晨与她碰了碰杯。

幽雅呷了口酒，问："你说过，你有许多话要对我说？"

乐祐晨心想，可能，有许多心事的是她哩！

他望着她美丽的脸，对她嘛，他是打算打长久战的。他说："来日方长，可以慢慢说。"

谁料，幽雅是这反应："不，没有来日方长。"

嗯嗯，何添后日就回来了。

幽雅这样说："要说，就此刻说！"

她的眼神带着命令。

那么，乐祐晨只好选择重点说："我一直找，一名坐在花棚下呈现完美感觉的女子……我要觉得自己好爱好爱她……要有种上瘾不能戒的狂爱感……"然后，他望进幽雅的眼睛里，对她说："我看到那张即影即有的花棚照片，就知道要找的人是你……"

幽雅听完乐祐晨的告白后，就伸长手指来显示她的戒指。她说："我结婚了。"

乐祐晨望着那枚戒指的表情夹杂了恨迟、无奈、痛心。他

Chapter 5

只好探问:"那……你与丈夫关系好吗?你很爱他吗?"

"我俩的关系很表面。我不爱他,他不爱我。"就是猜不到幽雅会这样说。

"啊。"乐祐晨瞪大眼,瞬间溢满希望。"那,你离婚!我娶你!"

幽雅笑起来。这就嫁第二次了?

幽雅倒是立刻想到甄玉。"我的母亲会问你要钱。"

这难不倒乐祐晨。"我卖了房子和这间铺,给她钱!"

幽雅就说:"那你变成穷光蛋,我又不嫁你了!"

这原本是打趣说的,乐祐晨却很认真。"我……可以与祖父商量,他资金雄厚,愿意资助我建立事业……"

幽雅失笑,不得不说:"乐祐晨!我们只是萍水相逢!"

乐祐晨迫不及待表态:"不!我此生非与你一起不可!"

情话的分量好重啊!但幽雅只觉得愈听愈荒谬。"坦白告诉你,我丈夫后日回来,我的自由时光快完了。我最想做的是,回家好好利用剩余的自由时光,看完未看的恐怖片!"

乐祐晨要求:"看我!不要看恐怖片!"

幽雅望进乐祐晨的眼睛里。

当中有一股引力。

也包含了绝对的决心。

接着,乐祐晨的眼神变化了,流散出悲哀。

这个对她求而不得的男生,苦苦的。

这一刻,掠过幽雅脑海的是,也许,暗地里背叛何添,收一个蓝颜知己,会是她在婚姻中的救赎。

乐祐晨好看、够傻,又准备给她激情和浪漫。

为什么不?

幽雅微微把脸凑近乐祐晨。

她半眯起眼。

她想主动吻他。

何添后日就回来了。

真是春宵一刻值千金。

乐祐晨看着幽雅移前的表情,他僵住。

当然,他会配合的。

忽然,从乐祐晨身后传来玻璃破裂声。

幽雅睁大眼,探头一看,墙架上其中三瓶玻璃罐有序地掉到地上。

一、二、三……*Do、Re、Mi*……

幽雅眉头轻皱。

难道……灵幻事情又重来?

幽雅还未能用肉眼看到,呵呵,对了,韩磊跟来了。

韩磊感应到些什么,于是就来了。

韩磊不满意呀,怎么,多了个弄咖啡的?

韩磊上上下下看通了乐祐晨。

啊!此人真是多余的。

幽雅的命里,根本没有他。

Chapter 5

◇◇◇

幽雅还是决定不搞事,最好尽快归家。乐祐晨坚持要送她,她让他送。

车厢中,乐祐晨问幽雅有没有曾经很想做的事,她说了后,乐祐晨就说出了很中听的话:"我猜,我不及你的丈夫富有,但我愿意扶助你做热爱的事。我可以供你到外国读电影,我甚至可以陪你一起到当地,我在世界上任何一个地方都可以买卖股票……"

幽雅望了望乐祐晨的侧脸,他这个提议的确非常好。

但她没作声。

回家后,幽雅叫自己不要回想这晚的艳遇。

原本,她是要让自己享受最后一天的自由时光呀!男欢女爱这回事,一直不是她最热衷的。她沐浴梳洗后,从大厅的大窗朝楼下望去,果然,乐祐晨的座驾仍在,真是不死心。她想了想,把全屋的灯关掉好了,就让他以为她已就寝。

漆黑中,她看她的恐怖片,看的是瑞典的《生人勿进》。女童形态的吸血僵尸与人类小男孩交朋友,犹如经典爱情片《两小无猜》的吸血鬼版本。

韩磊也在呀,他依傍着幽雅一起看。啊,这样的剧情,真是心喜,一鬼一人类,不正是他与幽雅的关系吗?

幽雅望着荧幕的表情,却不及韩磊专注,她心不在焉。

忽然,幽雅的手机响了,她看了看,不接听,因为那是乐祐晨的来电。之后，才听回留言，乐祐晨是这样说："刚才我的提议还不是最完善。我想说，若然我陪你到外国读书，你读着觉得不适合，想转专业又甚至是停学，我一样支持。没什么的，大家当是在外地玩几年，这样也很好。"

幽雅眨动漂亮的眼睛，啊，这才是真正好。

这就是自由呀，想做的话有支持，不想做时亦被允许抽身。

她看出了乐祐晨是个真正慷慨大方愿意付出的人。钱和时间都不介意送给心爱的女人。

当然，幽雅亦随即想到，这个男人刚对她着迷，自然再美满的诺言都说得出。

乐祐晨的最后留言是："你可能要睡了，那么就不打扰。若然想见我，一天廿四小时恭候，电话为你长开。"

听完留言后的幽雅呆望着电话，没再看电视荧幕。

这念头再次涌上："要背叛何添的话，就要趁今晚。"

韩磊感应到幽雅的思想，小魔童的眼睛火了。

幽雅下了决心，她回电乐祐晨："我还未睡，你来我家接我吧！"

韩磊浮动到半空，盯住幽雅，他觉得离谱极了。

那个姓乐的，是多余的人呀！

韩磊透视幽雅在余下的日子，没错，在她的命运中，原本是没有乐祐晨这个人的。

眼睛已血红的韩磊，愤爆出这一句："幽雅只有我！只

Chapter 5

有我!"

不过,要赶绝乐祐晨这样的人类有何难度?

韩磊暴怒后却又邪冷一笑。

嗨,好吧,做点小事吧!

阻止乐祐晨的做法太太太简单,韩磊在马路中手向某角度一拨,乐祐晨的座驾就立刻飞移该方向,碰上栏杆后,就车毁人伤了,乐祐晨的一只脚骨折,被送入医院。

乐祐晨致电幽雅略说情况。幽雅听着听着,这句话就自然浮现:"万箭穿心,我会害他。"

不祥。

幽雅呢喃:"遇上我,是他不祥……"

那么,幽雅就决定,不去医院探望,甚至,以后不理会他。

何添回来后,给幽雅带来小惊喜,他送上手信,那是刺绣的围裙和隔热手套,鼓励她多下厨。这些小礼物都不值钱,但起码,何添在公干时有想起她。因为何添的举动代表关系有进步,幽雅很心满意足,她想,也许,这段婚姻会愈走愈顺。

后来,乐祐晨致电和留言的次数太频密,幽雅索性封锁他。

继而,发生了一件事,乐祐晨自此可以消失了。

幽雅有了身孕。

何添的反应是:"这个老婆没白娶!"然后就说:"阿爷都喜欢孙女,生女没问题,以后再追仔好了!"

蓦地，不知哪来的预知感应，幽雅对何添说："是仔！"

她的眼神好肯定。

为什么幽雅会这么肯定？因为韩磊在她耳边说："是儿子。"

又因何韩磊已得知婴儿性别？

皆因，韩磊已决定投胎做幽雅的儿子。

啊！

天大的事！

韩磊计算好了，他与幽雅的母子情分会有九年，当他到达九岁，就会带幽雅离开人间。

韩磊一早知晓幽雅的年寿，她只有三十岁命。而韩磊喜欢9这数字呀，他愿意在人间活九年。

幽雅是会与自己的孩子日夜玩乐的那类母亲吧！韩磊憧憬着，与幽雅骨肉相连、相依作乐的九年人间时光。

魔童降世，就是这么一回事。

有些魔魔怪怪，选择与人类结缘的方式是血缘。

没阻止幽雅长大、没可能成为幽雅的伴侣、默默守候幽雅他又觉得闷，那么，投胎做幽雅的儿子好了。

从来呀，小孩有特权独霸母亲。

从来呀，小孩无赖、撒野、横蛮、疯狂都被允许。

从来呀，小孩都是魔王。

从来呀，小孩是最坏最恐怖最邪恶的。

韩磊在幽雅耳畔低语："以后，我们天天玩……"

Chapter **5**

幽雅听命了，立刻放下手头的事，准备到商场为八个月后出生的男婴买玩具。

韩磊总是要玩总是要玩。

购物完毕回家时，幽雅看见一名戴着科学怪人面罩，又在脚上打了石膏的男子徘徊在她家附近。

男子除下面罩，那是乐祐晨。他说："来看看你。"接着，指了指脚上的石膏："找人画的。"石膏上画了各款鬼怪。

幽雅对他说："你不要再出现了。"然后，她提起手中的婴儿玩具。

乐祐晨明白了，顷刻，脸上就有心被摔得粉碎的表情。

幽雅开大闸上楼，不再与他多说。入屋后，幽雅从家中向下望，那个因她伤了腿的男子仍在。

不看了，她拉上窗帘。她已经决定要一心一意当个何家好媳妇。

那天，心伤透的乐祐晨乘出租车回家，才不过相隔一个月，他又再次遇上车祸，亦再次被送进同一所医院、遇上同一个急诊室医生。

这次，乐祐晨伤了颈。

医生认得他，对他说："多倒霉！究竟你最近认识了谁？"

乐祐晨瞪大眼，真是被一言惊醒。

忆起当初发现那张即影即有照片，一阵惊艳过后，再来是一阵不祥……

这间急诊室的赵姓女护士有阴阳眼，她转头替医生拿来颈箍后,就看到一名年约九岁的俊俏小男孩站在乐祐晨附近,起初,她还以为是乐祐晨带来的,直至,小男孩的眼珠斜斜溜向她,兼朝她邪笑……

吓得赵姓女护士退出急诊室。

乐祐晨一伤再伤,是拜韩磊所赐。

韩磊在乐祐晨耳边说:"幽雅真的不祥……很不祥……"

乐祐晨打了个寒战。

◇◇◇

幽雅怀孕三个月之时,没见肚,手脚也不肿,灵敏秀丽如昔。

不过,就是极爱吃蛋糕,每一天都要买一个回来,最后,她索性自己学做。

幽雅每吃一口蛋糕,韩磊也在旁露出享受的表情。

其实是韩磊自己爱吃蛋糕。

幽雅的口欲满足了,就放松在沙发上搓肚子。

韩磊也跟着她做同一动作。

刚回家的何添就看幽雅不顺眼,嫌弃地说:"每晚都是蛋糕味,令人想吐!"

幽雅就机灵起来,立刻告诉丈夫,她做了鸡汤又准备了鱼,都是他爱吃的。

孕妇没变女皇,在这屋檐下,依然是以何添为大。

何添薄责了幽雅几句，然后沐浴更衣。

啊，何添让家里气氛变差了，于是，有名小男孩不满了。

韩磊隔着浴室内的沐浴玻璃门向何添怒目而视。韩磊想到的是："爸爸要好才是爸爸！爸爸不好的话……"

玻璃门瞬间碎裂倒下，割伤了何添。

伤了哪里？

何添伤了嘴。

活该，总是说难听的话……

另外一个男人最近怎么样了？

乐祐晨常流连图书馆，参考书都放在面前了，他正研究世上不祥的传说。

世上不祥之物有太多，例如流浪黑猫入屋被视为不吉，但瓦解有法啊！有说在门框挂大骨头、门上画狮子图案……

要是，幽雅真的克他，给他带来不祥，他该如何破解？

正常做法是避开她。

可是，引力仍在……

可怜的，乐祐晨仍然上瘾。

明明在看参考书，都要掏出那张即影即有照片去呆望。

最后结论是，不祥就不祥，不祥又有何相干？

乐祐晨在心里说："我走了那么多年好运，都够了吧！再好运的日子，都及不上遇上她之后的过瘾。"

是的，心情忽上忽下、欲求不得、想见不能见……他通通享受。

乐祐晨不会死心的了。

仍然打着石膏、戴着颈箍的乐祐晨,给幽雅写了一封信,没办法,致电找不着,只能写信了。当乐祐晨把信投放到幽雅家楼下的信箱之后,就带着笑容乘出租车离开。

接着,就在途中,乐祐晨又再一次遇上车祸,出租车失控自转了三圈,碰上安全岛。这一次,乐祐晨伤了右手。

安然无恙的出租车司机把乐祐晨从车厢后座扶出来,路人看见车祸就帮忙致电叫救护车,经过的街坊站着围观。

嗯,在一众街坊中,可有人看见,一名九岁小男孩就站在出租车的车顶上,对着一身伤的乐祐晨冷笑?

韩磊的眼睛好红,他碎碎念:"写信?我扭断你的手……"

那封以一只右手为代价的情信还是给幽雅读完了。

信中,乐祐晨说他会等,若然幽雅要生十个,他就等她十个孩子长大,等她丈夫老死,然后,他就会和她坐在花棚下喝咖啡,他会享受等了一世最后得到的大满足、大确幸。

幽雅有被打动,只是……

她轻抚肚子。

"别傻,别因一封信动摇。"她对自己说。

然后,她转个角度去欣赏:"爱得如此痴迷……只要把情节去反转、扭一扭,何尝不是一部绝妙的恐怖片?"

幽雅但觉灵感到,她要回信了,说出自己的看法:"女主角生十个孩子,每一个都要是残缺的,有面部生巨瘤、无眼珠、无四肢、不正常地长高到八呎、精神失常、自残到遍体鳞伤、天才但自闭、双头两手三只脚……最后，那张数十年后的花棚照片中，这一班残缺的子女围住男女主角……"

是 Passion 咖啡店的侍应阿翠把信带到医院给乐祐晨的，他重复读了许多遍，读得又哭又笑。

巡房的也是上两次在急诊室的医生，他刚替乐祐晨检查做完手术的右手，怪异地，天花板上的光管直直掉下来。

光管跌在乐祐晨打了石膏的腿上，无人受伤。

不过，医生被吓着了："哇……倒霉人士中，阁下都算首屈一指！"

那个有阴阳眼的赵姓女护士也在，这次，她又看见了……

天花板的一角，一名九岁小男孩以四肢爬行的姿势倒转贴在天花板上，他的头颅三百六十度自转之后，就朝看得见他的女护士咧嘴笑……

魔胚
Embryo

最近幽雅专攻宴客大菜,鱼翅、溏心鲍鱼、花雕蛋白蒸蟹等都做得出色。

何添招呼朋友到家里品尝家宴,朋友都赞不绝口。

幽雅以为,她的烹饪技术能讨丈夫欢心,但何添在客人离开后对幽雅如此说:"别以为能煮几道菜就很了不起,你这程度只算是刚巧没吃坏人!有人赞你就得意洋洋,不知所谓!"

幽雅明白何添的心理,他是见不得她有成就感。

看来,打压自己的妻子,会是何添的重点嗜好。

虽然能看穿何添的用意,幽雅还是有被他影响,她护着肚子坐下来嗟叹,对腹中胎儿说:"你要有心理准备,这个家有一名擅长不让人快乐的一家之主。"

韩磊替幽雅难过,他伏到她的肚皮上,爱怜地轻抚。

因着心情着实不好,幽雅掩脸低泣。

韩磊伸手接过她的泪,他心酸了。

后来,在幽雅怀孕四个月时,就发生了这样的事。

何添说要吃咕噜肉,幽雅练习了好几次之后,给他做了一份既新派又美味的,就是那种外冰脆内热嫩的口味。实在津

Chapter 5

津有味，何添要求添饭，于是幽雅拿起他的碗走回厨房，却就在捧着饭回到大厅时，看见何添被咕噜肉哽住了，他一手按住颈，另一手伸向幽雅的方向求救。

幽雅急忙思考食物被卡在喉咙里的处理办法，灵光一闪，她就跑回厨房，嗯，白醋可以吧！清水大概亦能救。

但刚拿起白醋，幽雅又想，要是何添死了，并非坏事……

于是，手拿白醋的她，静静躲在厨房门边，远看已跌坐地上的何添的背影。

何添死了，她就能自由，况且，合法妻子能承继遗产……

何添弯身想把食物吐出，可惜不成功。

幽雅定定地看了两秒。

不！还是不能见死不救！

不！不能杀人！

幽雅始终是个好人。

她走上前去，放下醋，从后抱住何添的腰，像电视剧的情节那样，企图协助何添把食物吐出。

其实，差不多成功的了，那块咕噜肉有向口腔滑动……

可是，怪异的是，明明正滑出食道，偏偏就是吐不出来。

这时候，何添的眼神流露出惶恐，他看见，一名小男孩把手伸入他的口腔，就是要那块咕噜肉继续卡在他的喉咙中。

小男孩的神情好狰狞。

何添发出呜呜呜的低鸣，眼睛溜向幽雅，可惜，幽雅看不见那小男孩。

蓦地，小男孩撑大了笑容，俊俏的五官恶魔化，他的半条手臂已强行塞在何添的喉咙里。

何添的眼球颤动，口水流泻。他活生生被哽死了。

幽雅感觉到何添气绝，她叫喊："何添！何添！"

何添的魂魄飘出来，小男孩伸手抓住，这样对魂魄自我介绍："我是韩磊，你儿子。"

何添来不及惊讶，就被韩磊收入裤袋中。

爸爸好就是爸爸；爸爸不好就变作死尸。

及后，幽雅报警，何添被送入医院，何家老太爷和何添的姐姐来了，最后才到的甄玉悄悄把女儿拉到一角，对她说："雅雅，你发达了！"

幽雅翻白眼。

天变地变，就是甄玉不会变。

办好身后事，又与何家略为商量过后，幽雅在天初亮时才回到家。

她躺在沙发上，先是发呆半晌，继而就不由自主地笑。

幽雅不是坏心肠的人，但她真的感到高兴。

既然不想睡，就从衣柜的隐秘角落捧来一沓恐怖片光盘，以后，可以大模大样欣赏了。

房子是属于何氏集团的，但何添的私人户口有两千多万现金，何家让幽雅全数领取，只要她让肚里的孩子姓何。

幽雅迁居到甄玉名下的其中一所房子。现在的她总是笑容满面，有空就看恐怖片。

Chapter 5

当怀孕六个月时,她就觉得,可以去看看乐祐晨。

幽雅走到 *Passion*,然后坐到花棚下,阿翠看见她就立刻通知乐祐晨,此时,乐祐晨已经不用戴颈箍,也拆了脚上的石膏,不过右手还是被吊在胸前。

乐祐晨看到幽雅的第一眼,顷刻就激动得双眼含泪,当他也坐到花棚下时,幽雅对他说:"我新婚不到九个月,就当上寡妇!"

乐祐晨在半秒后才懂得迎接这喜讯,他脱口而出:"太正!"继而说,"我一直等你死老公!还以为要等数十年!"接着又是这一句,"呀!太失礼了!我不是变态的!"

幽雅笑。

死老公当然就要笑啦。

乐祐晨看着幽雅那已经颇突出的肚子,知道此话必须说:"我们结婚吧!我会把孩子视如己出!"

幽雅看进乐祐晨的眼睛,她相信他。

韩磊也在花棚之下,他也同时看进乐祐晨的眼睛,他也感到,他可以相信这个男人。

但,这个姓乐的,明明就是多余的人……

接下来的一段日子,都是好日子。

幽雅在家做蛋糕,然后就会拿到 *Passion*。她在的话,乐祐晨总爱拉着她在花棚下享受时光,街坊都知道,英俊的咖啡店老板欢天喜地找个二婚的。

他俩商量结婚的事,幽雅打算在生下孩子后一年才正式结婚，她说她想去美国的新奥尔良，那里是《吸血迷情》的实景拍摄地，她想在当地举行婚礼。然后，就直落墨西哥，为了参加那里的亡灵节。幽雅说："庆祝完死去的孩子就会庆祝死去的成年人！载歌载舞的，色彩好缤纷，人与亡灵共乐呀！有化妆派对、有巡游、有……"

乐祐晨说："最紧要有你！"

幽雅喜欢听，于是奖赏他，与他在花棚下拥吻。

顾客走过看到，阿翠收拾咖啡杯看到，街坊经过看到。

吻过后的幽雅笑眯眯的。

乐祐晨望了望阿翠的神情，就说："伙计嫌我们赶客呀！"

幽雅说："我觉得好好 *feel* 啊！"

接着，就再搂住乐祐晨来吻，吻够后，才窝进乐祐晨的怀中。

幽雅望向天边斜阳，啊，以后每一天，都要过得好 *feel*。

未几，幽雅的肚子八个月了。

众所周知，第9号当铺的一对老板是没有孩子的。幽雅的肚子后来发生什么事了？

只怪韩磊这家伙想大了。

有天晚上，乐祐晨在幽雅家里，幽雅正在煮些轻食，乐祐晨随便选个电视节目来看，时近圣诞，历史频道播《圣经》故事。幽雅把日式咖喱放到乐祐晨面前，他边吃边看着电视，说："唔，我会以圣若瑟为榜样，纵然儿子不是我的血脉，我都会倾尽爱心去抚养他成人！"

Chapter 5

韩磊也排排坐在沙发上,《圣经》故事他当然熟悉了,听见乐祐晨这样说,他就又望向幽雅的肚子,但小魔童瞬间有了这念头:"如果,这个姓乐的是圣若瑟,那么,我岂不是……"

噔噔噔噔!

"耶稣!"

想到这两个字时,韩磊的双眼亮如两颗发光体。

接着,就是一连串的澎湃想法:"难道我是基督再生?不不不!我这种该被称为敌基督!""我的使命是来人间走一转,然后与大能决一死战!""我是那个被指派来统领全人类的 *The One*!"

呵呵呵呵呵。

韩磊在沙发上跳跳爬爬,他相信了自己的想法。甚至,他想象从自己的小头后四射出疑似神之光的警世模样;啊,全球人类又会向他俯首称臣;到那一天,他小手一举,地狱内亿万苦魂会由地底飘沁出来,成为他的大军。

呵呵呵呵呵。

真是愈想愈兴奋:"我将由我挑选出来的女子的肚皮内出生,届时,要有三皇来朝,要有乌鸦向世人传颂,广而告之敌基督的来临!"

韩磊就是这样忘我地想着想着……

幽雅腹痛。

乐祐晨紧张起来,连忙致电急救中心。

韩磊望向这一对慌乱的情侣。噢,八个月了,自己会是早产婴吗?

韩磊依然是满怀憧憬的,早产婴就早产婴吧!准备投胎的他,把一只小手伸进幽雅的肚皮内,本来要把头也伸进去,但不知怎地,幽雅的肚皮硬如磐石那样,挡住他的头颅,重复数次都塞不进。

幽雅痛得无法坐着,她要横躺在沙发上,乐祐晨慌忙从房间内抱出早已准备好的入院大袋,又跪到幽雅身旁,他捉紧她的手,一边叫她放心自己却一边担忧。

韩磊以小头猛撞幽雅的肚皮,总是撞不进去,狼狈的是,已插进幽雅肚里的半条手臂却又抽不出来。

连韩磊都要求救了:"天啊天啊,怎么办!"

天啊天啊。

时间就在此刻凝住。

天啊………

瞬间只剩万丈光芒。

有声音说:"你真以为你是谁!"

声音满是威严,余音都是气势。

韩磊知道那是谁。

原本,臭屁孩是瞪大眼的,随即,知道要转换神情了,就从目光内流散出一名九岁小孩该有的眼神:明知做错事,所以恳求原谅的可怜相……

空间的光芒退散。

返回人间现场。

Chapter 5

韩磊终于能把小手由幽雅的肚内抽出。

幽雅痛叫一声。

这时候，就只有韩磊看见，一阵灰气由幽雅的下体流散出来。

韩磊一脸失望。

救护车把幽雅送入医院，途中，医护人员替幽雅检查，然后说："胎儿没有心跳。"

幽雅流露伤心的表情，乐祐晨一直握住她的手。

韩磊站在幽雅脚旁，他知道，他不被允许出生。

宇宙的大能阻止他。

小魔童降生人间无聊玩九年是可以被接纳的。

但若自视与耶稣同等分量，就绝对不允许显现人间。

韩磊这次懂了。让人察觉野心太大必遭损。

医院中，来处理幽雅个案的医生就是之前三次疗理过乐祐晨的那位。他准备进入手术室前，看见乐祐晨一脸焦虑地站在外面，就忍不住说："哇哇哇！又是你！不如你改姓黑！"

阴阳眼赵姓女护士也跟在后头，她当然也见到韩磊，只是，这一次，这名小魔童的沮丧不比乐祐晨少，他颓废地垂头坐在长椅上，连作弄女护士的心情都没有。

一魔童一护士只是四目交投。

赵姓女护士进入手术室。她想了想，这样对医生说："胎儿早已不保，但母亲会平安的。"

医生像是被打了强心针那样，口罩之上的眼神，蛮有信心了；而当无意间望向赵姓女护士时，竟觉此面貌平淡的女子颇具韵味……

幽雅在清醒的情况下生出死胎，医生问她要不要看，她点头后，医生抱过来让她看，啊，五官、手手脚脚齐全，颇精致的婴孩啊，出错的，只是浑身皮肤紫色，不会哭不会叫。

幽雅抱着自己的骨肉，一脸不舍地对医生说："我们可以把婴儿制成标本吗？"

医生又忍不住要说了："果真是黑先生黑夫人黑公子！如此怪诞的事也想得出！"

理论上，医院偶尔会把尸体精制用作医学用途。后来，经过多番周旋，终于在两个月后，幽雅把浸在玻璃瓶中的婴儿标本捧回家。

为了迎接标本儿子的到来，乐祐晨把原本的婴儿房布置成恐怖儿童乐园，有真人一比一骷髅保姆、鬼怪模型、南瓜婴儿床、蜘蛛网吊饰、吃小孩糖果屋壁画、蝙蝠影射灯、猎头族帐篷。

幽雅大赞："好有 *feel* 啊！"

婴儿房当然属于韩磊啦！他玩玩这玩玩那，继而，望着姓乐的，心想，此男子虽然好多余，但真心不错，就允许他相伴幽雅九年吧！

Chapter **5**

福兮祸兮
For Weal or Woe

幽雅与乐祐晨的婚礼在美国的新奥尔良举行，他们选了一座二百年历史的教堂行礼，没有来宾，但有黑人神父和教堂工作人员。幽雅穿上古董婚纱，缓缓步进教堂，站在神父跟前的乐祐晨笑容兴奋，看着幽雅愈走愈近，乐祐晨夸张得露出神魂颠倒的神情，笑嘻嘻地张开臂弯。本来跟随管风琴节奏前行的幽雅，忽然决定跑过去好了，她抽起婚纱摆尾咚咚咚地跑进乐祐晨的怀里去，神父都未说可以吻新娘，乐祐晨就吻了。

神父配合这对搞笑的新人，什么也没宣读就说："都已吻过新娘，那么礼成吧！"

旁边的工作人员递来婚戒，二人嘻嘻笑地交换，最后摆出各种姿势让工作人员拍照。

韩磊也有跟来，他在一对新人前方跳高又横躺又做 *V* 字手势。

幽雅的大喜日子，韩磊怎会错过？

晚上，幽雅和乐祐晨换上礼服，在当地最高级的酒店餐厅包了个小厢房晚餐。吃着精致的美食时，幽雅告诉乐祐晨："在《吸血迷情》中，布拉德·皮特演的是一个很富有的吸血僵尸，他原本是大庄园的主人。吸血僵尸是长生不死的，有钱真是很重要！不过，也有贫穷潦倒的吸血僵尸呀，接连存在数百年都又穷又霉，多凄惨！"

说过后，幽雅轻扫乐祐晨的下巴，说："你会是一个怎样的吸血僵尸？"

乐祐晨认真起来："如果我在这里变成吸血僵尸，我猜，我会教其他同类炒股票，我会令所有吸血僵尸都富起来。"

幽雅呷了口酒，笑着说："吸血僵尸的经济革命就靠我老公了！"

接着，乐祐晨清了清喉咙，有重要事情要说："虽然我负责富养你，但我同时臣服于你！"

幽雅只有一个反应："正呀！"

继而，又做接吻鱼了。

韩磊在同一张台边托着小脸，唉，他俩的浓情蜜意真令他闷爆。

那个晚上，韩磊在新奥尔良的街上走，建筑物很古典，街灯也是老式优雅。《吸血迷情》他有伴着幽雅看过，当中有段情节是汤姆·克鲁斯和布拉德·皮特把一名人类小女娃制作成吸血僵尸，数十年后，小女娃仍是孩童形态。

韩磊感慨的是，没有在幽雅九岁那年，把她从此定格……

韩磊转头望向幽雅和乐祐晨留宿的酒店套房露台。当初，是他放手让她成长，容许她活出自己的模样。

忽尔，胸膛痛。韩磊按住那位置，嗯，人类的心脏都在此。

不过,他都无心,他学什么人心痛呢?

天上的月光好亮,一只蝙蝠神经质地忽上忽下飞掠过。

想了想,啊,不用急不用急,只需再等一些时候,这个好玩伴就会永远属于他。

◇◇◇

回到居住的城市后,韩磊就旁观了何谓人间小日子。

幽雅半躺于家中沙发,拨手机时看到有介绍各种好吃的,就撒娇要吃,乐祐晨立刻驾车外出全部给她搜罗回家。

每当幽雅练习烹煮新菜式,身为小白鼠的乐祐晨都会一概吃掉,并且只会显示"实在太好味、无得顶①"的表情。

Passion 花棚下拍照的传统取消了,多年来钉在木板上的即影即有照片也收起来了。乐祐晨给幽雅拍了许多花棚美照,挑了一张效果最好的,请画家以水彩画风格画出来,然后放置在咖啡店显眼处,美丽老板娘的容颜,就是这里的焦点。

幽雅的惊喜生日礼物是罗马尼亚古堡之旅,乐祐晨陪她探索吸血僵尸祖宗。

幽雅从网上看到能让死去的婴孩回生的法术,于是日夜向胚胎标本施法,标本毫无反应。却就在某晚乐祐晨在那房间

---

① 粤地方言,意指好到极点。

中,忽然看见胚胎标本朝他猛地睁大眼,吓得他冲出房间大叫,大男人瑟缩到幽雅的怀中,那晚,幽雅抱住他哄了许久。

韩磊指着乐祐晨笑弯了腰。这当然是臭屁孩在搞鬼了。

有一阵子,幽雅在家中都极之不修边幅,头不梳脸不洗,走路驼背双手垂地似猿猴,她说,这些绝对放松的行为,让她生活得没压力。乐祐晨受不住她这种丑,强烈投诉:"我原本娶的是女神,干吗变成流浪汉!"

韩磊可高兴了,立心不良地等待看夫妻情变,期待他们的幸福小日子完结。

不过,又在某一天,乐祐晨乱发身臭衣衫不整地坐下来与幽雅追丧尸剧。他双目无神地说:"你变成怎样我就变成怎样,要颓一齐颓!"

幽雅一听,就精神起来,她亮起一张脸,捧着丈夫的脸来吻。吻完就傻笑,说:"那,我又想打扮了!"

韩磊顿感无趣。接下来的画面更是儿童不宜,韩磊无奈地掩眼。

韩磊有时会想,这些就是恋人间的小确幸、人间的所谓幸福?

渺小的人类,难道都盼待生命中这些充满粉红色的欢乐?

人类就是喜欢这些情情爱爱的。

韩磊觉得无聊、别扭、毛管直竖。

啊,一个月后幽雅就三十岁了。

"你三十岁,就能从人间释放呀!"韩磊很为幽雅高兴。

Chapter 5

"你放心,以后悠悠岁月,我会和你玩得好开心!"

◇◇◇

韩磊要带幽雅走,有些信号会明显起来。

胚胎房中也置了电视机,有时候,幽雅会躲起来看恐怖片,她觉得特别好 *feel*。

"噼啪!噼啪!"忽然有声音。

幽雅转面看。嗨,是不是看错了?那胚胎标本刚才好像以双手拍打玻璃瓶!

幽雅站到胚胎标本前。一秒内,胚胎标本张大眼咧开嘴向她挥手。

她连忙摇头又把眼合上。再重新张眼看,胚胎标本正常,液体浸着的胚胎是闭眼头微垂的。

接下来的数小时,幽雅觉得不适。

她不怕灵异事,但她想知个究竟。

及后乐祐晨回来,幽雅本想告诉他刚才的怪异事,但乐祐晨看起来好累,他说:"入错一批咖啡豆,联络退货争拗了半天,真气人。"

幽雅不想打搅他了。

乐祐晨看了一会儿旅游频道就去睡了,幽雅却睡不着,她在床上坐起来看丈夫的睡相,不期然满怀感触,觉得好爱好爱他。

当初，是觉得与他一起就能被爱被疼，有一点点占他便宜的心态；后来，她就知道，这个世界上，不会有另外一个人，能像乐祐晨这样爱着她。

幽雅是懂事的。纵然长得漂亮又如何？几多人品好外形佳的女人都碰不上对她们好的男人。她能有一个本身条件好、又事事迁就她、以她为重的丈夫，真是不可思议的好福气。

都一起九年了。若然失去他，会如被砍掉一只手一条腿那样可怕。

幽雅感受到与乐祐晨的两心相连，眼泪潸潸流下。

一直哭一直哭。愈哭愈凄厉。

怎么了，居然有种生离死别的况味。

明明是感激这段情，因何，会哭得心都撕裂？

所为何事呀？

一脸是泪，拭也拭不完，她走下床，到浴室洗洗脸，要自己镇定下来。

刚放下面巾，望进镜里，就看见镜中反映了一个男人。

看真些，男人的颈是被吊着、垂头斜歪一边。

幽雅见过此人。

"炳叔！"她低唤。

就是那个在兴旺酒楼厕格吊颈死的炳叔。

那年幽雅五岁。

而自九岁后，她很少遇上灵幻事情了……

顷刻，天旋地转。

Chapter 5

五岁至九岁遇过的怪异事件一幕幕显现眼前。

炳叔的魂魄在她床尾；游乐场鬼屋内的真地狱；睡房中一批又一批鬼怪朋友……

然后，有人说出这一句："我和你，从来不是一起玩！我和你，是我去玩你！"

幽雅按住心房，念出一个名字："韩磊！"

她走出浴室，站到走廊上，从那里可以看进睡房大床墙上的结婚照，就是在新奥尔良那座教堂拍摄的。

不过今晚，结婚照好像有所不同了？

幽雅向睡房走过去。

结婚照里，她与乐祐晨中间，站了个小孩。

她看清楚了，那是……

结婚照内的小孩扩大又扩大，由照片里爬出来。

啊。

她认得他。

她低唤："韩磊。"

韩磊由床上跳到地上，站到她面前，身高形态就是一般九岁小孩。

韩磊热情地抱住她的腰，再抬起小脸看她。

重新接触韩磊，幽雅是高兴的。她屈膝弯身，小心翼翼地轻碰他的脸，带着不可置信的语气说："你来看我了！"

韩磊对她说："我其实常常都在……这些年，我都在……"

故人重逢，眼泪就由心头涌上，幽雅哽咽了："我都不知道……"

韩磊这样说:"因为你长大了。"

人长大了……人长大了……许多重要的事都不再有感应了。

幽雅由衷地说:"我想你呀!"

她跪下来,拥抱这个小男孩。

抱在一起的他俩,真有点像两母子。

韩磊对她说:"我知你有时会想起我,我知!"

幽雅问:"你以后都常来让我看见你,可以吗?"

韩磊笑起来:"以后?以后才不止这样!"接着是这一句:"我很快会带你走!"

"去哪?"幽雅问。

"离开人间!"韩磊答。

幽雅狐疑了,不期然望了望床上的乐祐晨。

她追问:"你的意思是,我要死?"

韩磊解释:"不是你以为的那样!怎么说呢?有我在,你不生也不死,你会去一些很好玩的空间!"

幽雅不能接受。"我只得三十岁,就要……"

韩磊说:"三十岁还不够吗?三十岁,好老了!"

幽雅想了想,就凝重地说:"我不能跟你走,我要留下陪我丈夫呀!"

韩磊这样告诉她:"其实,在你九岁那年,我已经想告诉你,你只有三十岁命!你是注定要早死的,你是难产死的!"

幽雅当然就觉得奇怪。"我只生过一胎,是死胎。"她指了指胚胎房的位置,说:"而此刻,我没有身孕呀!"

韩磊点了点头,说:"其实,我也搞不懂因何你的命运变了,我怀疑,是因为他的出现……从来,姓乐的,都是多余!"

韩磊望向床上的乐祐晨。

幽雅疑惑。"如果乐祐晨没有出现……那么,谁会是第二胎的经手人?何添都死了那么久!"

韩磊就企图透视那个原本注定出现的经手人,却发现,连他都看不见任何形貌。

有件事,韩磊决定告诉幽雅:"是我要何添哽死的,那块咕噜肉是我硬卡在他喉咙中的!"

幽雅的表情在说:原来如此。

韩磊再自曝:"原本呀!我是要投胎做你的儿子,谁知……"因着觉得丢脸,于是声音小起来:"不被允许……"

"你做我儿子!"幽雅倒是笑得开怀。看着面前的小男生,俊俏醒目的,他说他本是她儿子,她完全能接受,不觉得突兀。

韩磊摇了摇头,概括说:"但这些通通都是旧事了,我很快要带你走了。"

幽雅不情愿。"我……可不可以不跟你走?"

因何,这个女人三番四次说不走?

韩磊的耐心要消失了。

他的神情阴森起来,语气变得强硬:"是你说的,你长大之后,仍然会和我玩!"

幽雅尝试令他明白:"但……如今,我是成年人了……成年人嘛,有成年人的生活和……人生。"

人生。

对一只小恶魔,说什么人生呢?

韩磊的眼睛有变化了。"是不是,人大了之后,承诺都会被抛诸脑后?"

眼睛变红的异境生物,有它的控诉。

"是不是,人大了之后,只会不断抛弃……"

幽雅屏息静气,知道她被怪罪。

韩磊说:"你小时候无人和你玩,我和你玩……你长大了之后,就不肯再和我玩了?"

韩磊血红的眼睛,蒙上一抹雾。

"我一直都在……一直都在……我从没离开过你……"

"是否,人长大了,就只会不断抛弃别人?"

"人长大了,就是这样的可恨……由小女孩变少女再变成女人,真的好难受……"

幽雅希望他能明白:"我知……很可惜你没有长大……你要接受,我会长大……"

韩磊好激动:"你长大了!所以你抛弃了我!但我一直没有抛弃你!"

说罢,韩磊有爆哭的冲动。

Chapter 5

幽雅不知怎样安慰劝说:"要是我知道你一直都在……"

韩磊已泪眼蒙眬,嘴角弯下。"要是你知道又怎样!你还不是会选择一个凡人!"

他狠狠指向床上的乐祐晨。

幽雅只好说:"我是人类嘛!我当然会选一个人类做伴侣!"

韩磊的声音沙哑了:"好!你抛弃了我!但我一直没有抛弃你!"

小恶魔终于流下眼泪。是红色的。

韩磊说:"我看着你选择了他!但我依然选择你!"

说罢,韩磊胸腔痛。又一次……

因何,不是无心的吗?

挂着两行血眼泪的小恶魔说:"你知道吗?我可以选择带走任何一个凡人,但我只选择你!"

我只选择你!我只选择你!

芸芸众生,我只选择带你走!

我只选择要你死……

韩磊带血的痛诉,泣啼悲怨。但于幽雅来说,是另一回事,另一些感受。

说得好像带她离开人世是她的荣幸一样。

幽雅真的不知道该怎样配合他。

韩磊说:"你从前去一趟地狱不是很开心的吗?"

幽雅暗叹一口气,说:"好吧好吧!我承认我仍然喜欢鬼怪,仍想去地狱游一转!但这次,你要带我走的话!我也要带着他!"

幽雅望向她的丈夫,再望回韩磊。

韩磊思考。

这时候,幽雅挂上微笑,告诉韩磊:"这次重见你之后,我依然想和你一起玩的呀……"

瞬间,韩磊想呕。他看穿,她只是哄他。

她说过要和他一起玩……她说过她说过……

但人一天天长大,留在旧时空的那个,就一天天死去。

她已经不是她。

于是,韩磊说:"不!我才不要和你一起玩!是我去玩你!"

这句话,幽雅听过,她记得。

幽雅与韩磊对峙。

幽雅明白了。

纵然这个小恶魔对她有情,但他有能力对她作出任何伤害。

为她流出两行血泪又如何?恶魔就是会做恶魔的事。

他是她小时候的玩伴。

那时候,他已经说过,是他去玩她,于是,她感受到他的一点点狠。

如今,他再说,她能感受到的,是他有能力作出绝对的狠。

Chapter **5**

交易

The Trade

幽雅把与韩磊的一切镂镂告诉乐祐晨。起初,乐祐晨惊讶世间竟有这种怪异事,但想深一层,幽雅的命运就是与别人不同。

幽雅忧心戚戚。"我们以后只能相隔在两个不同的空间。"

乐祐晨立刻说:"不可能!你去哪我都跟着去!你不是向他提议带我一起走的吗?"

幽雅说:"那就等于你亦离开人世。"

乐祐晨是明白的,幽雅不想连累他。

乐祐晨的眼神好温柔,他说:"只得我一个留下来,你说,我对你的瘾如何解?"

幽雅一听,心就炸开,她掩脸悲哭。

乐祐晨抱她入怀,说:"我这种跟尾狗,死也相随!"

后来,韩磊现身时,乐祐晨对他的第一感觉是,不过是臭屁孩一个,才不会放他在眼内。

韩磊则望了乐祐晨一眼就不理会,他对着幽雅说:"你还是留他在人间吧!"

乐祐晨与幽雅二人一同说:"不!"

韩磊扬了扬眉,说:"我是为他好!"

韩磊也会为人好?

幽雅狐疑。

韩磊上上下下扫视乐祐晨,然后说:"这个姓乐的,真的不知因何会跟雅雅你缠上,如果他没与你牵连,他的命运会比现在好百倍!"

幽雅就愕然了。

立刻,一些画面包围了幽雅和乐祐晨。

画面中,乐祐晨在 *Passion* 遇上一名千金小姐,坐在花棚下的她明媚动人,与花棚十分相衬,乐祐晨与她聊了一个下午,二人已觉情投意合。可是,当乐祐晨得悉她的家族是城中数一数二的大富户,就打退堂鼓了,深感做豪门女婿压力太大,自己的赚钱能力够高,实在不必为爱情失去自由。谁知,千金小姐不愿放弃,反过来倒追他。千金小姐的父母比想象中友善开明,又非常喜欢乐祐晨,提出出本钱给他开设投资公司。婚后,公司愈做愈大,不出数年已成为亚洲首屈一指的投资银行……

乐祐晨看得目瞪口呆。

接下来,乐祐晨更看见自己与千金小姐育有两子两女,子女都聪明秀气,乖巧孝顺。刚到六十岁,乐祐晨抱孙了,而事业版图更已拓展至全球,平常结交的都是各国元首和顶级富豪。

这样的一生,岂止是人生胜利组?简直是不沾人间苦难的

Chapter 5

神人之族。

看到这里,一句话冲击了幽雅:"他遇上我,是他不祥!"

看吧,他才与她一起九年,结局是随她离开人世。

连命都无。再没有比这更不祥的了。

韩磊告诉乐祐晨:"如今,那个千金小姐依然在爱情中跌跌碰碰,内心有声音告诉她,那些男人通通不是真命天子。当然了,皆因你这个多余的,不知怎地就贴住雅雅!你原本要与千金小姐配成一对的!如果你不跟雅雅走,我可以安排你与千金小姐相遇,你之后的日子就是你刚才看到的。"

乐祐晨皱眉深思。

蓦地,幽雅推开乐祐晨,叫喊出来:"我不要你了!我已经不喜欢你了!我不想带你走了!"

乐祐晨冷静地观察自己的妻子,轻笑,说:"你的演技太差了!"

韩磊没理会耍花枪的两人,他望向半空,看了一会儿,说:"哇!你这个多余的,真是个大福有运之人!你的未来三世都是外形好、亲人疼、朋友多、职业佳、财产丰、伴侣好、子女优秀、无病无痛……"

听到自己将来三世都运气好、福报满满,乐祐晨却冷冷淡淡的。"我倒想知道,你会带雅雅去哪里?"

韩磊说:"我要与雅雅一起玩呀!"

乐祐晨觉得荒谬。"一个成年女人和一个臭屁孩玩什么呀!"

韩磊说:"玩做生意好不好?"

乐祐晨失笑:"你学什么人做生意?"

韩磊告诉他:"我有好多生意的呀!难道你以为我是死穷鬼?"接着再说:"我好有野心的……"但又想起那次不被允许出世的事,就觉得太丢脸了,说不下去。

"做生意?"乐祐晨依然觉得韩磊可笑:"开玩具店卖玩具?"

此时,韩磊说:"我其中一门生意是做当铺,但上一间当铺的老板遇上火灾……"想了想,旧事无须说得详尽。这是韩磊的下一句:"你们这种程度,还能打理好一间当铺吧!"

幽雅与乐祐晨互望,然后幽雅问:"就是典当金银珠宝换取金钱的当铺?"

韩磊来个简单的说明:"我这间当铺,是为第9号,只收取客人自感重要的人生项目,例如身体器官、四肢、年寿、运气、健康等等,换取客人的心愿达成。换句话说……呀,该怎么说呢……"

幽雅明白了,她接下去说:"一个人愿意牺牲多少,去让愿望成真。"

韩磊指着她:"对!"继而说:"雅雅那么懂,会是当铺的好老板!"

乐祐晨插嘴:"我也懂!我也会是当铺的好老板!"

韩磊充满敌意地说:"你这个多余的,没预你一份!"

幽雅暗舒一口气。她是希望乐祐晨留在人间享福的。

Chapter 5

谁料,乐祐晨说:"就让我做第9号当铺的最新一名客人如何?"

幽雅怔住。

韩磊眉毛微扬,有兴趣起来。

且听乐祐晨说下去:"你说过,我的未来三世都是好运之人!那么,我就典当我的未来三世所有的运气,去换取与雅雅一同打理第9号当铺的机会!"

幽雅掩住嘴,这实在不是说笑的事,因为……

韩磊说出了重点:"你拿出来典当的,很不错!未来三世的运气,甚有价值!只是……"臭屁孩邪恶地笑了:"典当了这数百年的运气,不等于你不用活这数百年!你还是要同样活未来三世的人生,只是,那将会是完全无运气的数百年啊!"

幽雅抓住乐祐晨的手臂,喊出来:"不值得!"

乐祐晨却一脸淡然,他笑了笑,望进幽雅的眼睛里,说:"为了能陪你,我牺牲一下又何妨?"

幽雅急得泪凝于睫。"那何止是牺牲一下……"

基于这单交易实在有利,韩磊志在必得。就让这个多余的与幽雅继续一起吧!

韩磊站到他俩当中,撑开双臂推开两名成年人,望向乐祐晨,说:"趁我未改变主意之前,交易要进行!"

乐祐晨的目光乐观又坚定。

幽雅落泪了。

韩磊散发出比他的个子强一百倍的气场,他高举左手,围绕在乐祐晨身上的七色华彩就被收进他的手心里。韩磊看了看手心,确定了,再把左手插入裤袋。韩磊亲自收起新一任第9号当铺老板的数百年人间好运。

乐祐晨累极倒跌地上,幽雅扑上前抱住他哀哭。

韩磊站在一旁观看这对人间爱侣。

其实,多一个成年人类和他玩,又有什么不好?

不过,韩磊已放弃了与人类真心做伴的念头了。

从此,只有他去玩人,不一起玩了。

混人
Hybrid

某天,韩磊在第9号当铺举行发布会,就像那些重要科技产品的发布会那样。站在台上的他戴了耳咪[①],台中央是个大屏幕,而台下,有乐祐晨和幽雅,以及用来充撑场面的一众天花板鬼怪。

韩磊在屏幕前显得亢奋,神情鬼灵精怪。乐祐晨与幽雅交换了这样含意的眼神:"真是人无聊便无敌!"

是的,臭屁孩又在搞什么鬼?

韩磊清了清喉咙,台上屏幕有画面了,当中是一间古色古香的中国风当铺,镜头由高推向近,可以看见穿古装的人在当铺进出,当铺内的掌柜细心地检视客人的玉石,掌柜那双垂下的眼睛内,掠过一抹神秘的红光。

"以号码为记的神异当铺历史久远。"韩磊在台上说。

屏幕上的画面换上数百年前的西方旧社会。在杂货满架的西式当铺内,一名衣衫褴褛的妇人把怀中娃儿放到当铺老板跟前,当铺老板以闪出荧光绿的眼睛瞪着娃儿的额头,一阵白气

[①] 即耳戴式麦克风。

就由小头上飘出来。

韩磊说:"我旗下有过若干间有编号的当铺,亦与其他同行合并过。一直以来,人类为了达成心中所愿,都愿意押上自感珍贵的典当物。当铺的生意一直很好。"

"只是……"韩磊望了望屏幕,画面就换上第9号当铺的典当物收藏架,一列又一列的瓶瓶盒盒,内里存放了客人为达成愿望所作出的牺牲。

"当铺很少动用客人的典当物。主因是,规矩不允许主理当铺的所谓的老板私下运用客人的典当物……"韩磊故意望了乐祐晨和幽雅一眼,以示:听到了吧,你们只是"所谓的老板"。

继而,再说下去:"一般幕后大老板,就如我啦,总是事务繁忙,最后,那些典当物都只属收藏性质。要知道,我们这一边愈收藏得多,另一边就愈显得气势减弱。"

幽雅心里一阵反感。另一边倒是真心爱人类的,这一边嘛……

咳了两声,韩磊就站到台中央,个子小小,倒还有点压场感。"但在下,嘻嘻,个性比较富革新精神!"

革新?幽雅满心疑惑了。

韩磊说:"客人的典当物的质素都好高,那么,因何不利用?"

幽雅表情一沉。有人真的在搞事。

韩磊握住双拳,以激昂语气说:"此刻,就由我韩磊宣布,生产于第9号当铺的新物种——"

他先伸出左手,左边就走出两名洋男子,又转向右边伸出右手,于是走出一名东方女子。他们看来正正常常,平平凡凡,不美又不丑,如同最普通的人类。

"混人!"韩磊说出新物种的名称。

乐祐晨与幽雅瞪大眼,简直不可置信。

这种胆大妄为的事……

韩磊在台上作出拍掌的姿势,台下的鬼怪们就起哄拍掌了。

乐祐晨和幽雅没有拍掌,他们的神情并不好看。

韩磊继续自得其乐,介绍他的制品:"每个混人都拼合了不同客人的各种典当物。制作一名混人,需选用起码数十名客人的各种典当物,所以嘛,每一名混人都费尽我的创作心思!"

说罢,韩磊头垂下轻轻摇,表达出他为了制造混人曾经多么努力。

幽雅心想,怪不得,前阵子总见韩磊把客人的各种典当物都放到地上,原来他在拼凑新物种。

每名混人踏前一步自我介绍。

最后,韩磊说:"没有任何一间当铺如我的第9号当铺,真正发挥出典当物的作用!"

乐祐晨听得皱眉。幽雅则在心里说:"真是玩大了!"

Chapter 6

◇◇◇

幽雅问韩磊:"你这是搞什么鬼?"

"我是生产新物种呀!"韩磊的表情是失望的,"还以为你会赞我有创意、善用当铺资源!"

幽雅说:"根本就是胡来!"

韩磊说:"我这是有野心!唉,你真是只懂欣赏那些无用的、多余的人!"

幽雅想知道:"你准备派那三个混人去人间?"

韩磊就说:"当然了!难道留他们在当铺做侍应生和清洁工?"然后又说:"我就是想知道,我的混人能在人间做到些什么!于是,我会派他们执行一些简单任务,例如,给第9号当铺找客源!"

幽雅觉得整件事就是没必要。"我们的客源一直很稳定呀!当铺本身就有生命似的,总能感应到哪些人正受苦受难,然后以各种途径向他们显示我们的位置和服务;另外,天花板的鬼怪们又偶尔到人间帮帮手;还有,有些旧客人会向亲友推介……"

韩磊坚持他的做法:"我们就是没有正统的当铺推销员呀!何不以混人组成一队?"接着,韩磊这样说:"总之,现在我有能力制造人形物体!我已无法再容忍另一边独霸造人市场!"

幽雅真的听得出韩磊的野心。

有野心是好，但这一次，未免太猖狂了吧！

◇◇◇

且看看那三个混人在凡间的情况。

编号A1的混人已来到人间三天，不过，他没有走出居住的房子，理由是，他害怕乘搭电梯。

当他从房子的大窗向四十二楼之下的街道望去，马路上往来的车辆情景已把他吓得半死。A1知道他的任务不过是去楼下的快餐店找些目标人物假意聊天，从而宣传一下第9号当铺。原本，与其他混人留在第9号当铺之时，他没显示出异常，是被安排在人间独居后，惊恐状况才出现。

原来这名三十多岁的混人，其原生灵魂拥有者是活在公元前九百年的中亚细亚地区。进行了神异的典当交易之后，灵魂一直被收藏在第2号当铺之中，后来被转移到第9号当铺的典当物架上。现今，A1被现代生活环境吓着，可归咎为灵魂太远古，他需要作出调整才能执行任务。

这真是预料不到的事。A1被配合了强而有力的心脏、视力良好的眼睛、运动员的双腿。原本，他是被寄予厚望的。

编号A2的混人是一名看来四十多岁的妇人，她来到人间的第一天便去执行任务，她成功混入教会的收容所，向那些悲苦的受虐妇女散播第9号当铺的便利和好处。

Chapter 6

"第9号当铺能让人梦想成……成真……只需要……要……"可是,说不了一会,A2就显得极疲累,她倒在收容中心的碌架床下层睡着了。

A2醒来之后,情况也没有多大好转,她的意识好迷糊。A2是知道自己要执行任务的,却就是气若游丝、力量流散、精神无法集中,只能躺着睁大眼,呢喃出原本准备好的推销话术。A2的状态,看起来比收容所内的其他妇女更糟糕。

究竟A2出了什么问题?主要原因是,韩磊运用了一抹生前饱受折腾的灵魂。灵魂的原生拥有者在生时做过一次又一次典当交易,押上过快乐、肾脏、自由、希望给第9号当铺,最后,连灵魂都不得不放弃。折腾得太过分的灵魂根本无力量,支撑不了混人的日常运作。正如人类一样,混人的主导也是灵魂,当灵魂曾被过度耗损,就不是制作混人的良好材料。

A3是刚被领养家庭收养的十五岁金发少年,他打算游说家庭成员光顾第9号当铺。家中那名好食懒做、读书不成的十八岁胖儿子质疑A3所说的,他耻笑着回应:"哪有这样的典当交易?你是思觉失调才幻想出一间什么什么当铺吧!"

只不过是被质疑和取笑,A3就瞬间发狂,高举旁边的木椅把胖儿子打到半死。

A3的混人组合是什么?同样地,选取的灵魂不合格。灵魂的原生拥有者不独多番被生活打击,本身的灵魂质素亦暴烈、凶悍;更大的问题是,韩磊配给A3一抹极强的尊严。于是,当他偶感不合意、认为尊严被损了,凶暴的灵魂就会作出残酷的反应，以致无法理智地执行任务。

A1、A2、A3这一队混人，就是如此在人间存在过。

幽雅与韩磊一同观看三名混人在人间的运作。

看罢，幽雅对韩磊说："你这次的新玩具都不好玩，收手吧！"

韩磊的不服气是带着狠劲的。他如此说："这不是你常说的吗？人要做真正热爱的事！"

幽雅看着韩磊。

臭屁孩真正热爱的是制作玩具吗？

不不不。据幽雅了解，韩磊真正热爱的，是痛恨人类。

◇◇◇

第9号当铺来了一名姓欧的客人。

欧先生直接要求典当灵魂，为了给妻儿换取余下数十年的庞大生活费。

乐祐晨说："这意味欧先生过了今天就不在人世。"

欧先生苦笑："是我欠了所有人。"然后再说："当然，我可以选择以心肝脾肺肾为典当物，他们一样可以获取大笔生活费。只是……我没有留在他们身边的打算。甚至，我已是生无可恋。"

欧先生望向空气的眼神是悲凉的。

坐在乐祐晨旁边的幽雅透视了欧先生的状况。欧先生因为妒忌妻子依然心里有那个旧情人，于是，他借着业务往来陷害那名旧情人，最后对方被重判入狱。妻子得悉判决后，在极坏的心情下疏忽看顾四岁的儿子，儿子从家中露台坠楼，断了一只脚。妻子无法再接受欧先生，更把欧先生视为仇人。而那名旧情人的现任女朋友亦情况堪怜，不仅爱人入狱，二人共同拥有的财产亦被充公，深受打击后，加重了原本已有的抑郁症，结局是自杀身亡。

欧先生自感伤害了太多人，内疚太深，他不想活了。

一如其他客人，欧先生问及典当后灵魂的去向："究竟，当铺收起人类的灵魂有何用途？"

通常，乐祐晨会避重就轻地回答："当铺有存放灵魂的方式。我们这一边，会有所打算。"

当铺老板这种答了等于没有答的态度，欧先生并不介意，算了，追问都没意思。横竖，都不想活了，都不想存在了，懒得理那抹被称为灵魂的气体最后下场会如何了。

幽雅沉默。以她对黑暗世界的认知，她能预计人类灵魂的用处，最易见的是，把灵魂都送到地狱中，饱受千年磨难后导致失去投胎的力量，那么，另一边就减少了带着光明灵魂出生的优质人类。

又或是，这一边把收起来的灵魂都封住，当需要与另一边搞对抗时，就有更多暗黑军团。

更或者，是为配合那名臭屁孩的最新创作。

与欧先生的交易简单顺利地完成。而当韩磊得悉有这样的一抹新鲜灵魂后，就断定那是用来制作改进版混人的好材料。

他打开收起欧先生灵魂的木盒，感叹着那上升的一抹清蓝色气体是如何的完好。

"没重复来这里典当手手脚脚、运气、健康，直接就来典当灵魂，灵魂质素果然高好多！没有被多番折腾，元气算是饱满的了！"韩磊细看灵魂中的清蓝色。"只不过夹杂了自责内疚、不想活的迷思……算是上好的货色了！"

这样，改良版的混人就出现了。

B1面世之时，韩磊隆重向乐祐晨和幽雅介绍。"B1被赋予了具力量和精气的灵魂，我又给他凑合了政治家的口才、足球员的体力，我相信，他到了人间后会是优秀的第9号当铺推销员！"

B1在不远处安静地坐着喝咖啡看杂志，看起来是一名三十多岁的男白领。

上回的那名A2女性混人变成了这里的清洁工，正在咖啡店角落扫地。

乐祐晨鄙视韩磊的计划："我们够客①了！"

韩磊当然要反驳："够客？*No No No*！现在我宣布，以后第9号当铺要多做直接典当灵魂的交易！我要运用这些没经太多折腾的灵魂去制造优质的混人！"

才不过两分钟，A2的身影不见了。啊，看真些，原来A2

---

① 意指客人足够多了。

软瘫在地上睡着了。

乐祐晨望了望A2，忍不住窃笑。"要混人干吗？混人都不是合格的物种！人间不需要混人！太搞笑了吧！制造混人去人间招揽生意！"

韩磊就说："唉，你这个多余的！我无法欣赏你，真不是我的问题！难道你想象不出，当人间充满我韩磊出品的混人后，在人间玩的可就多了！"

幽雅听得出来。即是说，当人间有足够多的混人，就能在人类社会中制造多种混乱、破坏人类的生活。

韩磊更说："甚至沟淡①人类血统呀！"

好邪恶呀！

韩磊自顾自说："我做事很有条理！嗯嗯，先制造一队像B1那种优质混人，派他们到人间游说人类来第9号当铺直接典当灵魂，从而，我有更多资源制造更多优质混人。当人间的混人好多好多……我就好满足的了！"

幽雅要说话了："你会好满足？你满足些什么呀！你真是为了好玩！"

韩磊笑得半眯眼，说："还有比我玩得开心更重要的事吗？"

---

① 粤地方言，意指稀释。

◇◇◇

一个月内，$B1$ 至 $B5$ 五名混人在人间运作正常。他们为第 9 号当铺引来多名直接典当灵魂的客人；又在另一个月后，编号为 $B6$ 至 $B15$ 的混人走入人间。

幽雅对乐祐晨说："有自杀倾向的人其实颇多。要是令人类得悉，来当铺不只可以死，更能换取让家人亲友受益的好处，他们会愿意来直接典当灵魂。"

乐祐晨估计后说："因着混人推销员愈来愈多，未来一年，每月起码会有数十名当铺客人直接典当灵魂。"

数字结果比乐祐晨估计的更大。一年后，以第 9 号当铺的优质灵魂制造的混人，就达到一千五百名。他们都在人间安好地运作，各自住在被安排的房子中，被指派向特定的人类社群推销第 9 号当铺。最常见的推销地点是医院、各类收容所、社会福利机构、学校、复康中心……混人被赋予假扮身份所需的能力，借着本身的技巧和特长，成功完成任务的概率达九成。

究竟，韩磊是怎样制造混人的？

他在第 9 号当铺的第二楼层中，开辟了一间可供无限伸延的制造室。每一名混人所需要的灵魂、身体器官、智力、知识、语言能力、勇气、忠诚、责任心……都以组合形式被摆放。继而，韩磊为每一名混人选取外形，所参考的，是万年以来韩磊对成年人类的印象。

Chapter 6

若以年龄计算,韩磊属九万九千年之龄。恶魔中的儿童品种。

只要韩磊从思维浮现出一名成年人的形貌,人类躯体所需的一切,立刻就从已凑合成组别的典当物中填补。最后一步才是赋予灵魂,那一刻,混人就开眼了,有生命了。

制造了差不多两千个能正常地在人间运作的混人后,韩磊觉得混人这物种可以进一步改进。

在监控室内,两千格小屏幕中,各个混人平淡低调地存活着,他们没什么娱乐上、社交上的需要,也没什么个人欲望,他们就像指令清晰的机器人那样,每天尽责地找机会进行渗透式推销任务。

韩磊表示满足,亦表示不满足。

"像我这种层次的,成就不只如此!"

既然有雄心,是时候研发更厉害的出品了。

后续故事
Story Follow

任何一个女人都会为了这样的约会而心喜。

Carla 见惯世面,对爱情早已有一番体会,但也自感必须为这样的安排感恩。

由机场走出来后,Carla 就看到对方派遣的司机以及那辆豪华轿车,住宿地点是华丽又富情调的酒店,所订的房间属顶级之列。

踏入房间,扑面而来的是一阵她说过喜欢的香气,打开的衣柜内挂有一列符合品味又合身的衣裙和配件。接待她的人说,对方有业务要处理,但已安排好晚饭事宜。

Carla 微笑,她感到贴心。

要知道,这不过是第二次见面,对方已出钱出心豪气地把她接到地球的另一边,为的是让她清楚他的事业和生活基地。

Carla 圈子广、生活时尚,也算薄有资产,对方为她安排的排场和享受她都喜欢,但最触动到她的,是感到被疼被宠被重视。

追求这回事,可以很随便的;她很欣赏对方的郑重其事。

浸浴后,再请人来做头发和化妆,然后从衣柜中挑了一件

Chapter 6

闲雅的晚装,接着被送到对方预订的餐厅包厢。

啊,那个人已经在,他背着门、站在露台的位置,穿了一身麻白的西装。

犹记起,第一次遇上他之时,他给她的印象就是高。怎么了,如今看来,他更高了?

知道她已进包厢,他就回过身来。那神情就是,你来了,我期待了这一天许久许久。

他背着光朝她走来,斜阳把他的身影镀上了金光。他的橙棕色头发微曲得那么好看,他的绿眼睛如茂盛的森林。他已站到她面前了,他的眼神毫不掩饰他的快乐。高瘦的他弯下身吻了吻她的面庞,接着情不自禁地紧紧拥抱她。

被抱的女子从心里感叹,怎么了,她真的要与这个男人在一起吗?

随后,他牵起她的手,带她去露台,指指某座大楼,说是自己的;又指指远处某位置,又是属于他的。

她有礼地听着。啊,很好啊,很梦幻啊。

遇上英俊富豪这回事,不是只有年轻貌美像公主般的女孩子专有的吗?像自己这种,虽说因为擅长运动于是保养得宜,又常被赞气质时尚,可是毕竟也六十岁了,比他年长差不多二十年。

他究竟看中自己什么?

当然,Carla 明白,整个经历也许就是那个原因……

只是,这种爱情对手,也安排得太出色了吧!

用膳时,他心情超好,说这说那。Carla听说过,当一个男人对一个女人真心感兴趣,当与她吃饭时,他就会表现得兴致高。

但慢着,他会不会只是一个伪富豪、爱情骗子?

忽然,窗外传来"嘭嘭嘭"声,Carla向外望,啊,是烟花。以为是当地节日,却就在天空上出现了Carla这个名字。

"我的天!"Carla忍不住按住嘴又按住心房。

她斜眼望向他,他逗乐了她,于是得意洋洋。

这个男人,大概是真富豪。

然后她就想,其实,哪管他是不是骗她、有什么企图,呵,她就是极之愿意受骗。

烟花仍在天上燃爆。他托着下巴,痴痴迷迷看她,看得她不好意思。

此情此景,多梦幻,多不真实。

这时候,他说了一句:"人生,要活得像一首诗,对不对?"

啊,这种意境、这种人生层次……

Carla但觉,身心都被触动。

这样的男人,不被他骗,就太笨了。

人生要活得像一首诗。Carla灿烂地笑,点下头来。

当天晚上,他们就在酒店房间做爱。

完事后,他轻抚她背后凹下的腰位,她的腰身,比许多少女还要幼细。

Chapter 6

他说:"你知道吗?此生拥有多少不是最重要,能留下多少爱才是重点。"

她笑了,说:"如果是一部电影,你这种神情、这种说话,应该是由女主角演绎的。"

他也笑:"不知为什么,我有女人的恋爱观。"

她以指尖轻勾他的鼻子。"你真是特别懂得女人在爱情中需要什么。"

他就感慨起来:"我对爱情有无止境的渴望!"然后,他要求:"告诉我,你爱我!"

她觉得难为情:"天呀!你真是说了女主角的对白!"

他求她:"*C*小姐,说吧!"

她回应他:"*L*先生……我爱……哎呸……"故意不肯说。

他坚持:"要说出我的名字!"

她深呼吸,鬼马地溜了溜眼睛,犹豫半晌,才说:"我爱……*Lenny*……"

*Lenny*好高兴。

是的,他就是*Lenny*。

不知怎地,说出他的名字后,她的心里四散出一阵异感。

带着恐怖的。

她打了个寒战。

还以为,是房间空调太冷了。

◇◇◇

究竟，这两个人是怎样认识的？

那是三星期前，地点在 Carla 居住的城市。

当天，Carla 来到一座高档的商场，为的是到幼儿用品店做资料搜集。她依然经营幼儿教育集团，最近，她更有意代理幼儿玩具。听说，某种手工布偶很受家长欢迎，皆因所采用的布料对儿童无害。

终于，在一间高档儿童服装店的货架上，看见一只穿芭蕾舞裙的小白兔，她查看标签，对了，就是这种布偶，实物比网上照片更精致。

她专注地细看每一款，有穿围裙的犀牛，也有穿西装的长颈鹿。右手一只左手一只，不如都买下来。

Carla 不知道，有个英俊的洋人对她一见钟情。

Lenny 来这城市进行一次商业买卖，负责人与他在商场楼上的办公室开会后，他就百无聊赖到处逛。无意中，游荡到这一层，无意中，他走进这家店。然后，他看见一名气质高雅、衣着时尚、肤色健康的华人女子，她在细研一种手工布偶。

顷刻，他知道他找到了。

找到……

一名女子以及这种手工布偶。

女子与手工布偶连接的画面，构成独有的信号。

随即，他在心里说："与她深深爱一场，是我的使命。"

Chapter 6

是必须的。

于是,他上前搭讪。

"我……可以请你喝咖啡吗?我……是来这城市谈生意的……我不是坏人。"

Carla 的反应是,惊喜之余又不算很惊喜。

此话何解?

自从与第 9 号当铺完成后续交易后,在一星期内已桃花不断。认识了半世的男友人忽然向她示爱;朋友的婚宴之夜,她被三名男士要了联络方法;就连邻居都找借口问她借豉油,然后约会她。

多一名衣冠楚楚的高瘦贵气英俊洋人搭讪,并不出奇。

她在心里想,为何不?喝咖啡就喝咖啡好了。

横竖,她的味觉在后续交易中,得以被赎回。当然,她有付出代价。

在当铺后续交易完成后,Carla 对自己说过,余下的日子,真要好好享受恋爱,不要辜负自己所典当的。

不过,是喝杯咖啡罢了。

倒是,嗯,这杯咖啡怎么这样好喝,眼前的洋人居然很讨她欢心。

他叫 Lenny,外表算是英俊的了,又带贵气,做生意嘛,于是见多识广。

不过,最让 Carla 有感觉的,是那种亦邪亦正的气质……

虽然 Lenny 明明说:"我最喜欢的书是《圣经》,我自小的愿望是当牧师。"

他的笑容有一点点歪向一边。

《圣经》?牧师?不会吧! Carla 有不相信的表情。

Lenny 怎会提起宗教的?因为他说他来这城市,是为了完成收购一座古旧教堂,并改建为保育酒店。

之后,Lenny 说,当晚有一场宴会要出席,后天就要飞回居住的城市了,不如翌日大家再见面,由 Carla 选些好地方玩玩。

Carla 起初是答应的。却在分别后又想,干吗要当洋人的导游? ABCD 君正排队约她哩。

于是,Carla 在翌日爽约。Lenny 很失望,他在手机中告诉她,为了再见面,一定要接她到他的城市。

他是这样说的:"因为,我已对你不能自拔了!"

Carla 觉得荒谬。当她十三岁情窦初开吗?

再过一天,Lenny 临上机前,给 Carla 发了个信息:"我这两天都没怎么睡,我觉得不可思议,总是想着你。"

这样寥寥数句,也没太煽情,却不知怎地,惹得 Carla 哭了。

她连接到这个男人的真心。他没有说谎,没有夸大,他总是想着她。

居然,有一段真感情在发生。

Carla 哭得好凄凉。

心是这样对她说:"放弃与这个男人发展,会是很凄凉的

Chapter 6

遗憾吧！"

可惜，*Lenny* 的飞机要起飞了，跑到机场不让他走的情节不能上演了。

就在这一刻，*Carla* 决定了要与 *Lenny* 试试看。

后来，他俩每天交换许多信息，都只是谈天说地，互相关心问候。可是，一字一句都入心了。

Carla 有与 *ABCD* 君见面。面对面地寻欢作乐，竟不及与 *Lenny* 隔空谈心有感觉。

Carla 想，也许，*ABCD* 君才是当铺老板安排给她的，*Lenny* 是自然出现的；随后，又神经质地再想，*Lenny* 是自然出现又怎样？也许，*Lenny* 是那种欺骗单身富婆的专业感情骗子。

不过，就算胡思乱想了一万遍，最终 *Carla* 真的接受了 *Lenny* 接她到他居住的城市的安排，然后，后续故事就开展了。

新的型号
The Upgraded

Carla 定居在 Lenny 的城市，生活很好。

Lenny 工作忙碌，但无碍二人见面，皆因 Carla 总陪伴 Lenny 应酬，穿得美美的与别人喝酒聊天，亦是她擅长做的事。

初相识时，Lenny 说过他喜欢《圣经》，那时候 Carla 不相信，现在倒是信了。Lenny 会在商务宴会的演讲说神的道理："神让营商的人成为世上的光，神呼召你成为祂的财富管理者，神的真正意愿是要你行公义、好怜悯；作为商人，要着重自己的商业道德，我们都需要向神交账……"

坐在旁边的一名老先生对 Carla 说，听 Lenny 说神的道理，比上教会听的更中听。

Carla 望向台上的 Lenny，很满意他的魅力无限。

在当地住了一年后，Lenny 提议给 Carla 买房子，她当然觉得好。惊喜的是，Lenny 为她选的房子是有两百多年历史的庄园大宅，他打算以一年时间改建和装修，再以 Carla 的名字命名。

Lenny 尤其重视园艺设计，他带着 Carla 与来自各州份的园艺设计师开会，不过，都一段日子了，依然选不中真心喜欢

Chapter 6

的。最后，*Lenny* 自行设计和画图样，*Carla* 一看就说："你才是最专业的！"

Lenny 耸耸肩，说："对于家居园艺，我就是特别有主见！"

大宅装修期间，*Lenny* 有与 *Carla* 去看过。木材、云石、彩瓷、琉璃都上乘，*Carla* 很放心，认为只要是经 *Lenny* 挑选的，效果定会好。

倒是，在某天发生了特别的事。*Carla* 从室内望向庄园，看见 *Lenny* 垂头在树荫下入定般沉思。*Lenny* 望着的只是土地呀，有什么好发呆的？

及后，*Lenny* 由厨房的后门内进，看到装修工人的告示板后，就大发雷霆。告示板上写了什么？不过就是几个大字："422 是大日子！"

Lenny 是反常地反应强烈，指着告示板喝骂："谁在这里写私人事！"

任谁都知 *Lenny* 脾气好，他这次小爆发，很令人关注。

Carla 看了看告示板。难道 422 有什么特别的含意？

若以日期计算，4 月 22 日是三个月后的事。

离开大宅后，*Carla* 本想在车内问个究竟，但 *Lenny* 忽然收到好消息，说在南美洲的一项投资计划通过了。他高兴地说："两年后，我带你去做岛主！"

Carla 就说了些恭贺的话，接着，*Lenny* 忙于致电生意伙伴报喜。

说实在，*Carla* 与 *Lenny* 一起也差不多两年了，这段日子以来，*Lenny* 总是在生意上报喜又报喜，所有 *Lenny* 接触过的新项目，最后都顺利通过和进行，而那些旧有投资，全部获利甚丰。

Lenny 是 *Carla* 见过最顺风顺水、最好运的人。

Lenny 说要和 *Carla* 找个地方庆祝，这次，挑了赌城。美酒佳肴购物看表演外，也赌两手，神奇地，*Lenny* 所下的每一注都是赢。

在酒店的大床上，*Carla* 对 *Lenny* 说："你有没有发觉，你是个极为好运、好福气的人。"

Lenny 想了想，同意了。"是啊！我都觉得自己做什么都顺利、好运，每当我要实行一件事时，所有人都一呼百应地支持我……"不过然后，*Lenny* 要说更重要的一句："最好运、最有福气的是，我能与你在一起！"

Carla 心好甜啊。"口甜舌滑！"

Lenny 搂住她说："我是真心的！我觉得爱情比钱和事业都更重要！"

Carla 禁不住摇头。"真是的，大男人有女人的爱情观！"

Lenny 自夸："我这种，好难得的呀！"

继而，他说："我只有一个使命，就是去好好爱你。"

说的时候，眼神绝对认真。

Carla 望进他的绿眼睛里，她确信。

一个绝世好条件的男人出钱、出心、出力、出时间去善待

Chapter **6**

你，还想怎样？

这样的爱情，是何等梦幻。

Lenny 真是以执行使命的奉献心去疼宠她。

半夜，*Lenny* 熟睡，*Carla* 望着他的侧脸，心想，这段感情是她以绝对贵重的典当物交易回来的，不过，超级值得。

那绝对贵重的典当物是什么？当然就是灵魂了。

Carla 低语："这段情，交换一百次灵魂都值得！"

◇◇◇

韩磊监察混人 C1 的状况。

C1 两年来的运作，韩磊是满意的。

"给了 C1 牧师的心脏、某名女客人的女性化爱情观、财阀的营运集团、大商家的经商技能、对年长亚裔女性的喜好……"

"然后，我保留了原本的外形、对生活的诗意态度、园艺师的审美……"

"但当然，C1 的整体运作，还得靠那一抹灵魂。"

混人 C1 的灵魂的原生拥有者，就是 *Lenny*。

Lenny 与第 9 号当铺的交易，由韩磊亲自执行，幽雅和乐祐晨并不知情。

那一年，*Lenny* 被警方从家居后院的土地下搜出十二具骸骨，法庭判他四百二十二年监禁。

422。

韩磊在 Lenny 的独立囚室中现身,提议了一次当铺交易。"四百二十二年监禁是这样计算的:你今生有八十岁命,即是说,你在今生会坐四十年牢。然后,在接下来的未来十世,总共要分担余下的三百八十二年监禁。"

居然,今世的亏欠,要以十次投胎来还清。

Lenny 表示震惊。以杀人来换取乐趣的代价果然极高。

韩磊的典当交易内容很有吸引力,答应给 Lenny 庞大的财富和成功的人生,典当物则是 Lenny 的灵魂。

韩磊说:"把灵魂归我,就等于免除以后投胎为人的可能,你的四百二十二年牢狱,这就删了!"

都是好条件呀,Lenny 无法拒绝。但毕竟是脑筋好的人,他懂得提出要求:"我蛮想谈恋爱的,之前那次谈不成,我想在新生命中再试。"

韩磊想了想,让新物种谈恋爱,是好的实验。韩磊答应了,也老实地告诉 Lenny,他会以 Lenny 的灵魂制作一名混人,并以最佳的配搭混成最精良优越的新物种。

Lenny 觉得此主意好有趣,也问了些有关混人的事。然后,他亦问了:"为什么选上我?"

韩磊觉得不妨告诉他:"我想实践的试验多着,其一是,试试混人能否活出有精神生活的人生。我之前制作的 B 型号混人都能在人间存活,可是,他们没有精神方面的追求,可以说,他们离人性很远。基本上,B 型号的混人无意与其他混人或人类联结，更遑论进行你所希望的恋爱了。"

Lenny 点了点头，剖析一下自己："是的，我是颇重视精神生活，觉得精神生活美好才算是美好的人生。好高兴阁下愿为你的创作提升层次。"

韩磊觉得与眼前人很投缘："就是欣赏你够独特！你虽然是……连环杀人犯……"

听见这样的称呼，*Lenny* 的表情没变，可见他不介意。

韩磊就说下去："但你有品位、对生活有追求，甚至想谈恋爱！"

Lenny 感到被恭维。

然后，韩磊再说："我需要一抹不经过什么人生折腾又能量强大的灵魂。我总得改进现有混人的质素，需要由 B 提升至 C。我的目标是，要做具有力量、在人间活得成功的混人。说真的，我对被认为是'邪恶因子'的灵魂很感兴趣，感觉这类灵魂特别够爆炸力。较早之前，我曾以凶暴的灵魂制作了一名混人，我称之为 $A3$，可惜效果不佳。失败的原因是，配备的其他典当物不配合，整体不协调。"

以上所说的，*Lenny* 都听得明白。韩磊就是看中他的灵魂够邪恶之余，又有追求高层次的生活的意向。

韩磊告诉他："请你相信我，我会以你想象不到的其他客人的良好典当物来配合你这抹有趣又够爆炸力的灵魂。"

Lenny 好奇了。"其他客人的典当物？例如……"

韩磊说："一个牧师的心脏！"

"有意思有意思!"一听就合意了。

Lenny 想象自己配备牧师心脏的状况,可会有着和谐的矛盾性?

然后,又道:"要是运用我的灵魂的实验成功,这监狱内就有众多灵魂可供你挑选!"

韩磊笑起来,欣喜眼前人是个明白人。

结论是:"我会好好研发 *C* 型号的混人。带着邪恶因子的混人,肯定能给人间添姿彩呀!"

继而,韩磊就亢奋地自顾自笑,又原地转圈。

Lenny 对小孩没好感,但这名小孩形态的恶魔,就有点意思。

最后,韩磊向 *Lenny* 说明,他会在另一个犯人的拳头下死亡,对方三拳就能把他击毙,他死得并不太痛苦。

Lenny 的死亡日子是翌日。韩磊诱发体形巨大的犯人因着小事把 *Lenny* 击毙,继而,他伸出小手接过那一抹新鲜的绿色气体。韩磊看着手心的绿色气体,忽然有了好主意,他要为 *C*1 型号多加一种神秘配料,此配料能令这名混人活得更得心应手。

◇◇◇

当幽雅被韩磊要求与 *Carla* 进行后续交易之时,韩磊说:"*Carla* 就算典当灵魂来交换一段自然发展的爱情,对象都只能

Chapter 6

是坊间那些平凡人，这个爱情狂女子，怎会满足？你可以问问她，要是她愿意与我的 C1 型号混人恋爱，我保证这段恋情会极之梦幻富贵……嗯嗯，就是一般女生最爱的那种垃圾爱情故事内容！"

幽雅关注的是："你生产到 C 型号了吗？"

韩磊夸赞自己的出品："正到晕！"

幽雅狐疑了。"要是 Carla 只肯与真正的人类谈恋爱呢？"

韩磊想出了点子："那……要是 Carla 肯与我的 C1 谈恋爱，我让她赎回她的味觉！"

嗯，这提议不错。

韩磊又说："Carla 坠入爱河后，是不会分辨得清恋爱对象是人还是混人，甚至不会知道世上有混人的存在，就如同现今人世间的笨人类那样，全没得悉身边可能有混人。你在交易时向她解释何谓混人，随后我会抹掉她这一层的意识。"

幽雅觉得这种安排无伤大雅，都不过是为想恋爱的女人选一名对象。她说："你要答应会对 Carla 好。"

韩磊说："我能答应的是，我的 C 型号混人会给她五星级的爱情！"

幽雅望着这个臭屁孩，希望他这次不是大整蛊。

后来，Carla 答应了幽雅提出的后续交易，为了想要一段自然又美好的恋爱，她愿意连灵魂也舍弃。也因为想重新感受吃喝的快乐，她允许混人当她的恋爱对象。

未几，C1 被配备完善了，并且被安置了一个爱情信号：

手工布偶。

一名与手工布偶连接的亚裔女子,就是他的爱情使命。

C1 准备好了,好好去爱一个人类女性。

◇◇◇

Lenny 真是个很有运气的人。

一宗 Lenny 很想参与的中东工程项目失而复得,皆因原先中标的公司在申请程序上出错。Lenny 又报喜了,又想庆祝了。Carla 却觉得有点累,而且那天是节日,晚上有巡游和嘉年华,一定满街是人了。

Lenny 想到好点子。"不如,我们做些浪漫刺激的事!"

Carla 半眯眼。Lenny 又想搞什么爱情小把戏?

啊,原来,Lenny 在夜里把 Carla 领到已差不多完成装修的庄园大宅,当天装修工人放假。

Lenny 还带了数支蜡烛,他在大厅的地上燃亮烛光,然后笑意盈盈地搂着 Carla 要吻。

Carla 推了推他,说:"你也太鬼马了吧!我倒是怕忽然有人闯进呀!"

Lenny 满脸笑容地说:"我去看看花园那边的后门有没有关好,顺便摘一些花回来。"

Lenny 就往花园那边走去。不过,他没走到后门,在一列小树前停步。他望着这些树,啊,是橙树!怎么了,他有吩咐

Chapter 6

种植橙树吗?

橙树……

忽尔,眼前掠过一些画面。

有橙树、有躲在橙树后惊恐的眼神、有他亲自挖地埋尸……

Lenny 按住额头,眩晕。

他折返大宅。这次,他途经厨房,看见台面上遗下三支用过的数字蜡烛:422。

顷刻,又来了另一些幻象。

法官的审判、听审的受害者家属的哭泣、独立囚室的阴暗……

Carla 出现在厨房的门边,她的表情在说:你怎么了?

同一刻,天空传来"嘭嘭嘭"的响声,这是城市在节日里燃放烟花。

Carla 在想什么?啊,她初来这城市的第一夜,Lenny 为她放了烟花。

回忆好美啊。Carla 挂了个笑容,向 Lenny 趋前。

Lenny 定住了。Lenny 也在想东西,不过,想的是什么?

又有画面掠过。那一天,在监狱的饭堂内,一名体形巨大的囚犯正挥拳向他的头部袭击。

他记起一名小孩说的话:"他打你第三拳后,你会死亡。"

画面与记忆转瞬即逝。

Carla 就在眼前。

Lenny 只有一个反射性反应："这次我不想死！"随即，*Lenny* 使劲猛烈攻击眼前人，他强打对方的头部、脸部，连续挥拳重击十数次才停下。

Lenny 失控了。

被打的人先是扑伏在台上，然后再跌倒在地上。

Lenny 打得手痛。他停下来，猛地摇头。总算清醒了。

这才发现，刚被他狂殴的是 *Carla*。

第一秒，*Lenny* 震惊。

啊，发生了什么事……

第二秒，这句话由心底浮出来："我不能让人知……"

这城市的烟花仍在半空盛放燃亮。

Lenny 望了一眼横陈地上的 *Carla*，他选择逃离现场。

其实，*Carla* 还没有死，她只是被打致毁容和昏迷。

十数分钟后，两名喝醉了的流浪汉趁庄园大宅无人就潜入了，他们先在花园恶作剧地破坏设计精致的花卉，然后打算由厨房进入室内。就在厨房里，他们看见躺在地上的 *Carla*，虽然她被打到头破血流，但裙子下半露的大腿仍能激发恶人的兽性。

两名流浪汉互望一眼，心照不宣地脱掉 *Carla* 的衣裙，性侵了她。

事后，他们从冰箱中拿出数罐啤酒，灌到肚里后就倒在大厅的地板上睡觉。

这是一宗悲剧，对不对？

Chapter 6

但又再一次证明了 Lenny 有多好运。

Lenny 逃回家之后,就以冰块舒缓连挥十数拳的手。他有考虑报警的,但更打算先构想一堆逃避责任的证据。却在两小时后,警方主动联络他,说是有人发现 Carla 在庄园大宅内被流浪汉袭击和性侵,Carla 被送进医院,一直昏迷。

Lenny 放下电话,立刻浮现的想法是:"流浪汉当了我的替死鬼!"

接着的两天,Lenny 都表现得恰如其分。在警局内红着眼录口供,在医院中握住 Carla 的手悲泣。

装够后就回家倒头大睡。他睡得可熟哩,两名流浪汉被控谋杀和强奸,无人认为事件与形象正派又情深的 Lenny 有关。

Lenny 每天探望 Carla,戏要演一段时间了。医生断定 Carla 会成为植物人,Lenny 挂上的表情是痛哀,但心里窃喜。

听罢医生之言,他坐在 Carla 床边凝视她。如今,事情都算尘埃落定了,是时候回顾了。

是的,他是很宠很疼 Carla,他对她付出很多,她亦回报他满意的关系,他是真心喜欢这个女人的。

但当到了需要自我保护的关头,他所做的是全面维护自己。这个女人变成不值一顾。

这个时空的 Lenny 没有真正记起自己曾是个连环杀人犯,他只知道自己是富商,是名成功人士,受人爱戴,对物质和精神生活都有追求。

没忆起自己的曾经。但灵魂深处还是有着阿卡西记录。

当遇上某些情况，就自然地显示出某些作风。

例如，对待被自己亲手摧毁的受害人，他会保留那种独有的冷血残酷做法。

漠视对方是有生命的，感受不到对方的痛。

以一般人类而言，每一世所做过的事，都会烙印在灵魂的阿卡西记忆中。

可以说，每一抹灵魂都非常有个人风格，是独特的。

哪样的灵魂，就会做哪样的事。

虽然，被配上了牧师的心脏、女性化的爱情观、原本已强烈的爱情渴望……柔化了的典当物，以及本性上对精神层面的追求，都没减少灵魂原有者那深藏的阴冷、狠毒、暴烈。

型号 C1 混人，协调了多项既互补又具冲突性的特征，如此这般运作下去。

如今，*Carla* 躺在病床上，医生说她可能永远醒不来。一个信息从 *Lenny* 心里浮现："去爱这个女人的使命完成了。"

Lenny 挂上一个微笑，表达了完成任务终可放下责任的安然。

◇◇◇

可知道，事情对幽雅来说是多么震惊。

她找到韩磊，激动地说："你怎可以这样对待后续交易的客人！"

韩磊不以为意："那个老女人不是已经愿望成真了吗？她在六十岁之龄遇上高帅富，经历了自然发展的爱情。这次她没有当控制狂，对不对？她不独享受到优质爱情，更印证了自己做得好。虽然只有两年，但爱情的质素是超上乘的！"

幽雅为她的客人悲哀。"Carla 有七十八岁命，你要她躺在床上十六年……"

韩磊淡然地说："我们第 9 号当铺就是有这样好，交易过后还是可供客人自由发挥。她没典当过健康呀，要是她的身体够争气，自然会醒来。我答应，要是她能醒来，C1 还是会对她履行深爱她这项爱情任务。"

幽雅仍要找晦气："是你这个 C1 把她袭击成这样子！是你故意选取连环杀人犯的灵魂去做你那些祸害人间的混人实验！"

韩磊反问幽雅："你不觉得 C1 是很卓越而美妙的产品吗？凶狠的灵魂配上善良的心，有杀意又有爱人的能力，这样的物种比一般人类更复杂更有趣！最棒的是，我交给 C1 的任务，他能完成！我制作的物种比那边所创造的人类更懂听命、更具完满使命的效用！这才是真正难得！"

幽雅一脸不可置信地说："你是有多恨人类才会做出这些混人家伙去祸害人类……"

韩磊夸张地大大叹了口气，才说："你已经不是人类了！你问你自己，你来了我这里多久？三十年？五十年？干吗，你不去享受超越一般人类的自豪？也不能替我创制 C1 这种杰作感到骄傲！"

幽雅不齿地说："C1是杰作？你别以为我不知道，他全靠好运！有两个替死鬼代他顶了罪！要不然，C1只能重复 *Lenny* 的牢狱命运！"

既然说到 C1 的运气，韩磊就觉得不妨透露多些。"你又知否 C1 的所有好运气由哪而来？"

韩磊这么一说，幽雅的心不期然往下沉。

韩磊告诉她："是 C1 令我察觉，有运气与没运气的大分别！我要我的混人在人间运作得如意称心，而且要凌驾一般人类。要是这样，就必须要让我的混人拥有大量的运气……"

幽雅已经猜到了。她斜眼瞪着韩磊。

不会吧……

韩磊看通了幽雅的猜想，于是笑起来。"是呀！乐祐晨的运气就是我给 C1 送上的神秘配方！而我决定，把乐祐晨所典当给我的未来数世的运气，都分配给我的所有 C 型号混人使用！"

幽雅摇头，已经无法再接受这个臭屁孩的所作所为。她痛心地说："你以我丈夫的好运去扶助你祸害人类……"

"我是第 9 号当铺的真正大老板呀！我有权自由使用客人的典当物呀！"韩磊一副理所当然的样子。继而又说："哎，对了，以后你们两夫妇多向客人要求运气这典当物，我需要大量运用！"

幽雅哑口无言。

Chapter 6

被摆布到这一步,实在忍无可忍。

◇◇◇

后来,韩磊更对幽雅和乐祐晨有新的安排。

韩磊把乐祐晨与幽雅分开安置到不同时空的第9号当铺,幽雅留在现有时空,乐祐晨则被放置到下一世的时空中。

下一世,代表什么?即是说,已典当了未来世所有运气、福气的乐祐晨,会活在完全没运气的时空中。

幽雅是在梦中接收到此信息。她不理会身边的乐祐晨在熟睡,也无视会打扰韩磊,她这就跑到韩磊的混人制作室准备与他理论。

她却在制作室的门外窥见,韩磊在做一件她没见过的事。

韩磊从他的裤袋内掏出一把迷你金钥匙,金钥匙在空中变大,他以小手抓着一拨,一个小约柜就出现在眼前。

他以金钥匙开启约柜,从中掏出一本古旧小册子,并以金钥匙的前端在册子内书写。

幽雅听见韩磊说:"我改变第9号当铺的规则,把其中一名当铺老板送到下一世。"

幽雅明白了,此古旧小册子可以更改当铺的规矩。

幽雅的眼神强硬起来,已经不会像往昔那样柔顺。

她是准备背叛了。

◇◇◇

寝室内的乐祐晨正熟睡,有梦呀。

梦中,他站在一片全白之内,充满了喜悦、自信、无所欠缺。

啊,他记起了,他是有任务的。

不过,他不是一直都正在执行任务吗?

一个声音在说:"无论你遇上多少困难,你也是无所畏惧的!"

是力量被唤醒吗?

忽尔,包围着他的都变黑了。

他看见自己被万箭穿心。

这是旧画面,还是将来的画面?

"你来……"那个声音又响起了,并且对他唤出一个代号。

代号……

因为这个代号,乐祐晨更加明白了自己的身份……

乐祐晨要苏醒了。

代号X
X

先看看乐祐晨在他的下一世过着怎样的日子。

没什么的,只是没运气罢了。

乐祐晨依然是第9号当铺的老板,不过铺面转为花棚咖啡店,对了,就是旧时代"Passion"那个模样,放到未来时代,是绝对的怀旧。

他独力应付当铺的日常运作,见客、执行交易、安置典当物、为客人安排后续典当……以往与幽雅做搭档时都做惯了,如今不同的是,当铺空有咖啡店的外观,他却不再为客人冲咖啡,亦甚少与客人闲聊。

没运气是怎样的?比如为客人冲咖啡时,发生了这种事:一头飞蛾意外扑入咖啡中,乐祐晨又刚巧看不见,当客人喝了口咖啡,飞蛾就由他的嘴巴内飞出,吓得客人放弃交易,急急离开第9号当铺。

又如,为一名已完成交易的客人放置他的典当物时,小心翼翼把玻璃瓶盖好后,器皿却自裂一道小缝,于是,那抹原属客人儿子的智力就流散消逝。

账簿早已整理好,但在交给韩磊之后才发现,那册子根本不是账簿，而是"抹掉回忆册"，于是，当韩磊打开来看，只看见空白的内容。

韩磊责骂："你这个多余的，果然好多余！大错小错无数错！我怀疑你是弱智的！"

乐祐晨双目无神地随便韩磊责备。他在心里想，如今真是几乎每天都会出错，怎么臭屁孩还没骂够？呵，没运气的人就是这状态了，对眼前这个褫夺他运气的小魔童可以有什么期望？

乐祐晨像三天没吃饭那样软躺在花棚下的长椅上，韩磊边骂边离开第9号当铺。

不过，韩磊骂完后，似乎更精神爽利，小屁孩走路是大踏步的。真是不难看出来，韩磊是在享受乐祐晨的无运气。韩磊自己气势如虹，乐祐晨则一副发霉模样，这种胜利感是高涨的。

已经是下一世了，于是，数以十万计的 C 型号混人正活跃在人间。特别出色的成为政治家、大企业领袖，发挥出 C 型号的旺盛力量，以及亦邪亦正的特色。他们总是看似为人类建设，又似在暗地祸害人类。怎么说？例如，乐祐晨在早上看新闻时得悉某一批农产品经改良后能以市场价的半价出售，此事被认为裨益全球人类，但当乐祐晨看见那群企业领导人的合照，就看穿了，此企业的核心成员都是混人。那么，结局就只会是，食用此企业所出产的农产品的人类都会受坏影响。乐祐晨暗叹，会是十年内生癌还是下一代畸形？

再把新闻看下去。发言人是名中年男士，样子肯定没见过，但他说了这些话："我们企业不着眼于我们的丰足，而是全人类的丰足；我们致力于令五谷产品的价格一降再降，心怀的是上天赋予的使命；我们由上天的角度看世界，与世上万物连接，不执着于眼前利益……"

乐祐晨记得谁会说类似的话，不就是那些心灵导师吗？这名混人的灵魂的原先拥有者，曾经让他和幽雅担忧过。

资质较一般的 C 型号混人占大多数，他们继续担当第9号当铺的推销员角色，务求令更多人类直接典当灵魂，要不然，就怂恿人类典当运气。灵魂和运气，第9号当铺需求甚丰。这些年来，韩磊特别喜欢为他的混人加添运气，他要他的产品在人间活得比人类更如鱼得水。

有运气真是什么都好。C 型号混人成功带动了第9号当铺的生意额。

领导型的 C 型号混人大规模地令人类受苦；苦难中的人类被推销型的 C 型号混人游说到当铺；当铺获得的典当物好丰富；最后，韩磊就制造更多 C 型号混人了。

就这样，下一世的第9号当铺其门如市，没运气的乐祐晨也拖累不到。

乐祐晨总是无神无气、乌云盖顶地运作着。不过，每个月有三两天会精神抖擞起来，皆因，与幽雅见面的日子快来了，真是好期待。

乐祐晨与幽雅被批准一个月见一天。

Chapter 7

提不起劲去打理的花棚，要在幽雅到来前重新让鲜花活出生命力；准备好咖啡豆，要为幽雅冲杯好咖啡；铺后的小寝室当然要整理好，床单要用埃及棉，因为幽雅赞过舒适。

有时候，乐祐晨就连打扫家居都力不从心，整个人里里外外都显得虚耗，恍如被掏空那样。韩磊每隔不久又会给他播放原本光辉璀璨的三世片段，刚才，在试冲一种新的咖啡豆时，乐祐晨从咖啡杯内看到好运满满的人生情节，那个身为贵族的自己，从政后的名望甚高，每项以家族名义营运的生意都赚得盆满钵满，又与新婚妻子恩爱非常，美丽的新娘子可厉害哩，是曾被提名诺贝尔奖的著名医生。

韩磊不过是想打击乐祐晨：你这个傻子要不是为了幽雅而典当了三世的运气，如今怎会被困在一间当铺之内？

乐祐晨不后悔，丁点儿都没有。

他只是累。是长期被欺压的累。

◇◇◇

这一天，没运气、没生命力的乐祐晨早早挂上了笑容，皆因幽雅要跨世而来。

一个月有一天，幽雅会离开那间华丽古典的爱德华巴洛克式建筑物，那是她所在的第9号当铺，只要走出那道大玻璃门，不出数十呎的距离就是花棚咖啡室，是乐祐晨打理的下一世的第9号当铺。

乐祐晨站在花棚前，他的眼神在说，我盼你了我盼你了，你就是我继续存在的全部意义……

幽雅读懂了他的悲凄，她的心好痛。

她咬了咬牙，不让自己哭出来，却还是眼睛微红。

深爱着对方的夫妻深深拥抱，苦情和挂牵尽在不言中。

他们答应过对方，相见时不要浪费时间悲伤，所以泪都往心里流。

还要为对方挂上笑容哩。

苦着笑苦着笑，然后又真的会变出真心笑。

好吧，春宵一刻值千金。约会啊，浪漫啊，亲热啊，情话啊，都浓缩到一天。

他为她弄点吃的，相拥在花棚下聊天说笑，然后窝到床上抱抱，吻到够了就谈心。

避重就轻地笑了、玩了半天，心底的苦泪，要流要散，还是按不住的。

幽雅知道乐祐晨未必想说，但她还是问了："你这个月……怎么了？"

乐祐晨简而言之："他只来过我这里三次，于是，羞辱了我三次。"

自嘲完毕就苦笑。

幽雅对他说："你忍耐一下……我在构想一件事……"

幽雅的眼神是认真的。

乐祐晨问："你想帮我，还是想改变什么？"

幽雅说:"我知道有些事能办得到的……只是,实际如何实行未有头绪……他那把钥匙……"

顷刻,又决定不说太多。她觉得未到时候。

乐祐晨摇头。"你放弃我吧!我什么都做不成的了……他依然留我在当铺,总好过放逐我到人间……试问,一个全没运气的人,怎能在人间过日子……我受不了他,又无能力反抗他……"

幽雅安抚:"真的,你听我说,你得忍忍。"

乐祐晨无言。他仍然苦撑,不就是因为她仍想他撑下去。

乐祐晨暗叹,决定转换话题:"说点八卦的吧!你记得你那一世的那个林教授吗?"

幽雅想了想。"最初来典当尊重的那位?"

乐祐晨点头。"他的灵魂被配制成为领袖型的C型号混人。"

幽雅就问:"肯定是他?"

乐祐晨说:"那个混人特别会说道理,很能激励人心,俨然心灵导师。"

幽雅有点惊讶,但反应是正面的:"那很好呀!是正向的混人?"

乐祐晨有那种负面的笑意。"大概,这个混人被配置了野心家的心脏、图利为上的个性、影帝的演技!"然后这样说:"他参与管理的企业会祸害很多人。"

幽雅明白了。她想到的是:"要是林教授在那时候知道自己的灵魂会被这样利用,还会不会做后续典当?"

不过,结果大概都是一样。

受苦太深的人,会连灵魂也可以舍弃,哪管灵魂在将来会被怎么用?总之,此刻的苦难能被瓦解消除,就什么都愿意。

乐祐晨低语:"真的很不想继续下去,人类被摆布……我和你不也一样……"

幽雅只能说:"尽量提起精神来……"

已经无法再装开心,乐祐晨的表情挂了下来。"我怀疑,我真的出了问题。"他告诉幽雅:"不知因何,我常听见有声音呼唤我,但那不是我的名字,而是个代号。"

幽雅细心聆听。乐祐晨是第一次说起这件事。

乐祐晨好沮丧。"我是否有幻听了?我患上思觉失调了吗?我都知,没运气的人特别多负面古怪事……但,我是否运滞得患上精神病了?"

幽雅必须要有这反应:"别傻!我看你好端端的!"

其实,幽雅的心好痛好痛。

是谁令原本乐天的乐祐晨变得阴沉负面、疑神疑鬼?

幽雅自感,一切皆因她。

自初相识,她已为他带来不祥。

万箭穿心。

乐祐晨苦苦地说:"我很不快乐……"

幽雅又何尝不是一样?她说:"我也不快乐……长此下去,我们都不可能快乐起来,我们没有做自己热爱的事……"

说出来的话是负面的,但幽雅真是在酝酿她的计划。

她的心里有余下的一句:所以,一定要改变。

回想刚才乐祐晨的话,幽雅忽然想知道:"你说,他们唤你一个代号。是什么代号?"

乐祐晨告诉她:"X。"

幽雅记在心里。

典当物
Pawn

一名神秘客人预约幽雅,要求会面时候清场。

幽雅想,这间第9号当铺除了她,就只有韩磊。即是说,神秘客人要避开的,其实是臭屁孩。

那天,幽雅在咖啡师的角落忙着,她有预感,神秘客人是懂吃的。刚把咖啡煮好,就听到玻璃大门被推开,她抬眼一看,来者原来是他。

C1型号混人,*Lenny*。

其后,幽雅领她的客人坐下,奉上咖啡和蛋糕。*Lenny* 细意品尝,赞赏了咖啡和蛋糕的口味。"这杯手冲咖啡真醇,如酒!牛油核桃蛋糕看似平凡,但吃在舌头上就是家的温暖。"

幽雅观察这件混人制成品,不得不暗里佩服臭屁孩,果然是杰作。

C1的外表依据 *Lenny* 的原生模样,但进化为光鲜贵气版本;重点显现出 *Lenny* 在性格上的上佳之处:慢活优游、对精神生活有追求。外形加上个性,已经够高质量,比许多真实人类更见出众有深度。富可敌国、营商出色、运筹帷幄这些元素已不用细说了。C1的确是混人中的精品。

幽雅坦言："C 型号混人果然能做到比一般人类更出色。我听存活在下一世的外子说，部分 C 型号混人有足够质素成为统领人类的尖子。"

Lenny 领受幽雅的赞美。"过奖了，我作为 C 型号的第一人，乐于得到第 9 号当铺老板的认同。"

幽雅回应："真是惊喜的新物种！"然后笑起来："最惊喜的是，懂得暗地光顾第 9 号当铺！"

第一名混人光顾第 9 号当铺，而且更是要求暗里操作。

Lenny 这样说："有些事情，要真心理解人性所需的老板才办得到。"

幽雅就问了："最首屈一指的 C 型号混人所关心的是什么？"

Lenny 说出心里话："我猜，Carla 对我来说并不是任务，而是真爱。"

幽雅定神。真是拍案叫绝，C 型号混人真的有能力作出深层次的追求。

幽雅让 Lenny 说下去："我的确曾经庆幸过警方没发现我是把 Carla 打致昏迷的人，当那两名流浪汉被判入狱后，我非常安乐。事情都可说是告一段落了，但我仍然频密地去医院探望 Carla。我向她诉说日常生活的事，乐事、悲事都想与她分享，如同从前她在我身边那样。天呀，当我独自一人之时，真的好想念她。"

啊，混人爱上了自己的任务目标。

*Lenny*说:"我对她的使命确实是完结了,因何,我对她的渴望未完?"

幽雅在心里说出了一个浪漫的答案。

*Lenny*垂眼低声说:"我知,是我把她打成这样,后来又逃避责任,我显现了非常冷血的本性……"

幽雅告诉他:"冷血,是灵魂的原先拥有者的特质。"

*Lenny*抬眼,眼神无助。"那个人……应该是可怕的……"

幽雅不作声。

*Lenny*继续说:"后来,那个冷血的我又消失了,我的爱情心重新炽热起来……我仍有从一而终、不舍不弃的坚持……*Carla*取笑过我,我的爱情观很女人……最近,我甚至在庄园大宅内设置了医疗室,我希望接她回到身边,但愿她能醒来。"

最后那一句,幽雅一听就知道不妥当。"你希望她能醒来?她若然真的苏醒,对你没好处!她可能会揭发你指证你!"

*Lenny*无奈地笑了笑:"所以,我说,这是真爱。"

啊,是的,这就是真爱。

王子爱过公主,王子又害了公主;王子还是想救公主,纵然公主可能反咬他一口;王子可有考虑过,王子、公主再在一起之后,公主会变成王子的敌人?

*Lenny*说:"我宁可冒被她告发的危险,也希望她能醒来。然后,让我继续爱她,不为使命或任务,甚至不望好心有好

报，而是单纯地去爱她。"

这名C型号混人的心愿让幽雅很愉悦。她心想，Lenny是找对人了，这种爱情事，她愿意帮，韩磊则一定不会。

Lenny笑着自顾自说："爱情，明白吗？就是有爱情！"

幽雅听得明白。

如果这还不算是爱情，又有什么才是爱情？

幽雅点点头，她有心与这名混人进行交易。"知道吗？第9号当铺帮客人达成心愿之时，需要客人交出典当物。"

Lenny说："我就是钱多！要钱、要公司股份，悉听尊便！"

幽雅摇头了："钱嘛，你舍弃得太轻易了，于是，第9号当铺不屑收取……"

幽雅刚说完这句，忽尔，一个念头汹涌上来。

刹那间，她发现了，整段话应该还有以下不会明言的一句："因为第9号当铺是要令人类痛苦的！"

幽雅怔住，这最后一句就这样冲击了她。

怎么了，当了当铺老板数十年，深明当铺运作，还有什么好愕然的？

那最后一句，不过是总结当铺的性质。

第9号当铺是要令人类痛苦！

难道自己不知道？

幽雅是知道的，但她有被当头棒喝之感。

有启发，有灵感。

Lenny 没留意幽雅的异样,他正苦恼还可以典当些什么。"太愿意舍弃就不能典当的话,有什么是我不愿意舍弃的? 真心觉得贵重,从而能交换 *Carla* 苏醒的典当物……大家都说我英俊、有说服力、有贵气、通晓营商之道……这些都很珍贵,可以用来进行交易吧! 还有,我总是运气好……"

幽雅注意到 *Lenny* 最后所说的。

Lenny 的运气,不就是原本属于乐祐晨的!

立刻,幽雅决定了:"我愿意收取你的运气!"

Lenny 却显得为难。"运气……还是保留好了……"

幽雅明白他的顾虑。"是的,有运气和没运气的人生天差地别。"继而,幽雅要说的是:"既然你都觉得重要,那么,这就是第9号当铺愿意收取的典当物。难道你认为,*Carla* 的苏醒不值得你放弃运气吗?"

Lenny 一脸犹疑。

忽然,幽雅又想到些什么。她说:"不过,为免韩磊会质疑因何你全无运气、事事倒霉,于是,我有个建议,最好是典当十年之后的十年运气。"

Lenny 听得明白。"即是说,我在十年后会无运气十年。"

幽雅说:"正好给你在接下来的十年好好准备,来应付在之后十年的艰难日子!"

这是好提议,*Lenny* 没抗拒。

幽雅亦保证:"你放心,我与你的交易,不会让韩磊知晓。"

Lenny 的幽默感就来了:"哈! 不会出事的! 韩磊不会得悉

我来典当的事！要知道，我是个很有运气的人！"

交易达成，幽雅欣喜。

随后，幽雅把 Lenny 那特定的十年运气收藏好，但放置处不在平常的典当架上，务求不会给韩磊找到。

幽雅豁出去，犯规就犯规好了。她捧着这放置了一抹七色华彩的玻璃瓶，心想，这原本是属于乐祐晨的，这是他的运气，而她期待，这抹瑰丽的气体在将来派得上用场。十年运气不是很多很多，但来自乐祐晨的，质量是上佳的。

当全部都处理妥当后，幽雅回顾与 Lenny 的交易。真是的，混人都有背叛者，看来，愈是层次高的，愈懂背叛。

自由意志不会按得住。

如果韩磊决定制造百分百听命的混人，这次一样是不成功。

A 型号 B 型号是不够能力去执行命令；C 型号则是太有能力去反抗命令。

然后，幽雅重温那个突如其来冲击过她的念头：第 9 号当铺是要令人类痛苦的。

把这概念好好钻研。

想着想着，灵感就来了。

幽雅的眼睛闪出灵光。

"我知道了，如果我能偷到韩磊那把金钥匙、成功开到约柜和打开那本册子的话，我会在当中写上什么……"

当了第 9 号当铺老板数十年，这一刻真是如梦初醒。

暗能量
Dark Energy

韩磊又在制造混人。已给为数一百名混人配好身体器官、个性特征、专长、技能等事项,接着的步骤是为这批混人引入灵魂。

幽雅在旁观看,愈看愈皱眉。"怎么了,灵魂的色泽都是墨绿、蓝黑、土黄……好浑浊呀!质素太一般了吧!"

韩磊解释:"这批混人是 B 型号的,用来做下等工种,例如,给推销型混人做下线的工作。他们在人间的存活期限是一年。我见典当架上有些次等灵魂,就拿来用了。"

啊,原来如此。

灵魂质素低,原因可能是年代太久远、失智、生前有精神病、负能量太重、意识模糊、长期自毁、元气大伤,等等。

韩磊考虑:"加不加运气好呢?"

幽雅立刻醒目地说:"B 型号混人就不必浪费运气呀!"

当中会用上乐祐晨的运气吗?幽雅能阻止便阻止。想起乐祐晨的运气都用到混人身上,她就气了。

韩磊点点头,认同这批混人不必添加运气。

这时候,幽雅说及一个人。"提起次等灵魂这回事,我联想起他。你说过,何添是你杀的,他的灵魂呢?你有用在混人身上吗?"

她一直搜索不到何添的灵魂。而她见过,韩磊会把随手杀掉的人的灵魂放进那里……

韩磊溜动眼睛,啊,想起来了:"一直在裤袋!"

果然!

幽雅暗赞自己,真是猜测得好、引导得好。

幽雅专注地望着韩磊。看吧,韩磊要伸手入裤袋了,那百宝袋般的裤袋,内藏着那把重要的钥匙。

接着,韩磊从裤袋内掏出许多东西:猫猫狗狗、金银珠宝、爆谷花生、冷气机冰箱、非洲土人、高楼大厦、一整套百科全书……

就是没有掏出那把迷你金钥匙。

幽雅看着一地的物件,啧啧称奇:"你的裤袋内也放了太多东西了吧!"

韩磊边搜寻边回答:"半个宇宙都装得下!"

一队格兰披治大赛车车队刚被找出来。

那么,即是说,就算幽雅找到机会偷偷伸手入韩磊的裤袋,大概也无法找出那把钥匙。

韩磊抽出一抹暗绿色的气体。"噔噔噔噔!何添!"

幽雅看到了,必须是韩磊亲手从裤袋里掏出来。

韩磊故意把那抹暗绿色气体伸到幽雅面前,戏弄地说:"认得他吗?想他吗?"

幽雅闻到一阵发霉酸臭味。她厌恶地避开。"核突！作呕！不要拿过来！"

何添就连灵魂都是臭的。

"发给 B 型号混人也不配！"韩磊用手搓两搓，灰烬由他的手心内散落。

这才是何添的最后结局。

忽尔，幽雅灵感到。她眨动眼睛，要撒娇了："你现在只顾制造混人，不和我玩了？"

韩磊喜出望外。"你要和我玩？"

幽雅说："乐祐晨不在，只余我和你了！"

"玩什么，玩什么？"韩磊好高兴。

幽雅饶有深意地说："让我设计一样好玩的！"

◇◇◇

下一世。

乐祐晨的客人是一名女科学家，她希望达成的愿望是："阻止我的十九岁女儿光顾第 9 号当铺。我知道她会找到这里，然后会典当灵魂，用来换取不劳而获的一生。"

乐祐晨一听见是典当灵魂，便知道是受欢迎的交易。若然有机会与科学家的女儿会面的话，他其实是想促成的。

女科学家姓 Morris，五十多岁，长相清爽大方。她说："我是单亲妈妈，一向鼓励女儿自由发挥，她脑筋好，读书成绩不错,已考到名牌大学。但她并不认为读书有助于她的人生,甚至,她觉得工作都是愚笨的,她希望……到好莱坞、拉斯维加斯碰运气,目的是找男人。她说过,遇上有钱男人的话,娶她、供养她都行,她就可以过那种不事生产的纸醉金迷生活。"

乐祐晨听得明白,女科学家的女儿崇尚糜烂。他扬了扬眉,倒是觉得无可厚非。"唔……我只能说,人各有志……"

女科学家这样说:"我都明白,纵然她的梦想再荒唐,都是她的梦想。她都成年了,我对她只能引导不能阻止……只是,我真的不能让她以灵魂去交换!"

乐祐晨纳闷,一般光临当铺的客人,都很少会抗拒典当灵魂。他们甘心舍弃快乐、健康、智慧、四肢、器官这些重要的人生项目,最后连灵魂也舍弃,又怎当是一回事?

乐祐晨说:"许多客人反而不重视灵魂,主要原因是,当铺处置灵魂的时刻是在客人死去之后,他们就会认为,人都死了,那抹灵魂不必理会,不要也罢。"

女科学家的反应是:"你知道不是那样的,人虽已死,但你深知灵魂是重要的。"

乐祐晨当然知晓灵魂的重要性。但他故意问:"你说,灵魂有何重要?"

女科学家说出她所知的:"灵魂是永生的。只要灵魂保养得好,就可在宇宙内投生无限次,可做人可做动植物,甚至可做其他不知名的神异存在体。灵魂能进化,灵魂的拥有者的最高体验，是神的体验。灵魂的拥有者所做过的一切，都反映宇宙的一切。"

乐祐晨点头。虽然，对方没说出灵魂的全部本质，但她已算是懂得大概。最了不起的是，她认同灵魂的重要。

乐祐晨就说："你也许不知道，我们第9号当铺最欢迎客人典当灵魂，你女儿的灵魂，说真的，我求之不得。"顿了顿，再说："那么，阁下会以什么典当物去阻止我收取你女儿的灵魂？"

女科学家说："我愿意典当发表公开宇宙真理的机会。"

啊，这可新奇。

女科学家补充："即是说，我所发现的宇宙真理在我有生之年都不会让大众得悉。"

乐祐晨好奇。"我读书时没有修读理科，但有时候会看科幻电影，且看看我能否听得明白阁下的宇宙真理。"

女科学家开始说了："上一个世代已被发现了的宇宙理论，可能老板也听说过。早在一百年前，有科学家在一次核裂变实验过程中意外发现一些微粒突然消失，因此大胆假设，这些微粒可能是飞往人类看不到的第五度空间。"

第五度空间这名称，乐祐晨听说过。事实上，身为当铺老板，空间的无限量和神异性，他每天都亲身经历。

女科学家说："人类看不到的何止第五度空间？宇宙中更有暗物质、暗能量。"

乐祐晨说："暗能量？倒与第9号当铺相配。"

女科学家解释："一般人都可能听说过，一直有神秘引力令整个宇宙不断膨胀，不同星系以膨胀形式撕扯开彼此的距离，所有星系都相距得愈来愈远。好了，重点是，是什么引力令宇宙膨胀？答案是暗能量。"

"科学家一直无法确定暗能量中有什么，暗能量的内容全是假想。例如，当中有被称为'幻能量'的能量。而我所引证的暗能量内容为最新发现，经过证实，并非假设。单就这一点，已足够震撼世人。"

"我能引证的暗能量，在过去数十年间扩大又扩大，当中的物质混杂，有属地球的有机体，也有属小众的宇宙粒子，粒子的结构来自非银河系的远方古老星系。我姑且称此新引证的暗能量为'混能量'。我的推论是，由于混能量在过去数十年间的扩展速度非常惊人，以此速度作出估计的话，不出数百至一千年，混能量有可能成为宇宙的暗能量中的最强大能量。"

慢着，暗能量中的混能量？乐祐晨听得出，第9号当铺与这些能量的关联。

女科学家说："依数据，宇宙的空间容纳量一天比一天增多，发生在宇宙内异于一般的情况亦增多。宇宙膨胀加剧，而因为暗能量中的混能量是超越常理地变强，最终，暗能量会借着混能量取代恒常能量，成为宇宙中最强的能量。"

乐祐晨消化刚才的知识。"当暗能量借着混能量完全取代恒常能量的话……"

女科学家回答："宇宙会撕裂爆炸，整个宇宙将不复存在。"

乐祐晨不作声。

想了片刻,他才问:"你可以不公开的是……"

女科学家说:"很少科学家着意研究暗能量中的包含能量。如果我公开暗能量内有一物质引证为混能量,同时暗能量将借着混能量在宇宙加剧膨胀,导致恒常能量被吞噬,结果会令宇宙爆炸。相信,以上的真理会掀起研究宇宙当中的暗能量、混能量热潮,这会成为人类最关注的事,会颠倒人类的生活和运作。'宇宙终将被暗能量中的混能量撕裂毁灭',这也太轰动了吧!"

乐祐晨不是理科人,但以上的一番话,太不中听了。

不中听,皆因太能助长韩磊的气焰。

暗能量中的混能量增长,可会与韩磊在上一世和这下一世的制成品有关?

女科学家说:"在这数十年,我见人世间多了许多奇异的病变,新的绝症接连出现。人心亦有异呀!你这间第9号当铺也太流行了吧!有次我心情沮丧,在餐厅发呆一阵子,就有人走过来搭讪,像推销一样说及这里的事。我的女儿更说,她的同龄玩伴都听闻过你这里!是因为有其他少女来过,我的女儿才想来典当灵魂。老板,你说,这样子大家都有后路了吗?都能交出些什么典当物去找捷径了吗?这些违反恒常的做法,会给宇宙中的暗能量做出贡献吗?"

女科学家这项交易令乐祐晨犹疑。他想到的是,先缓着,

Chapter 7

让女科学家一星期后再来。三天后,他就会与幽雅见面,他想听听她的意见。

◇◇◇

乐祐晨与幽雅相见时,说起那个女科学家。

幽雅把事情听了一遍,就说:"必须与女科学家达成交易呀!要是她公开暗能量和混能量的细节,韩磊的信心必然更盛,最怕他愈来愈有只手遮天的意向。"

说罢,异样感觉掠过幽雅心头。怎么了,她小时候就认识的臭屁孩,后来会变成野心家?

乐祐晨说:"现在,韩磊是有系统地生产 B 型号和 C 型号混人,但他未有确切计划再做更大规模的暗黑事。"

幽雅笑了笑:"我真要出力去保持臭屁孩的幼稚!"

乐祐晨说:"他这种魔童有魔力愈发变强的趋向!"

幽雅也忧虑。"他这种存在,大概是深不可测的……"

邪恶魔物长有孩童模样,那么,即是暗示,这个邪恶魔物有加强、长大的可能性。

臭屁孩若有机会长大,会变得有多邪恶恐怖?真令人不寒而栗。

还是转移话题好了。幽雅说:"我也秘密地完成了一宗交易!对象是 $Lenny$ 哩!他的愿望是 $Carla$ 能醒来。"

幽雅却故意不透露 $Lenny$ 以自己在十年后的十年运气作

典当。

乐祐晨不是不惊讶:"光顾当铺的首名混人!"

幽雅说:"他显示了混人的运作有多高级!居然会背着创造者去达成精神层面上的愿望!"

乐祐晨好奇:"他和 Carla 后来怎么了?"

幽雅说:"我回去后会跟进。他们的故事,可以写成一部带点恐怖感的爱情电影了!"

这时候,乐祐晨提议:"你知道吗?这一世的电影是观众直接进入剧情中作出互动参与的!"

作为电影迷的幽雅非常有兴趣。

乐祐晨说:"能以旁观者的身份要求改剧情和结局,又甚至变成电影中的角色直接感受当中的喜怒哀乐和经历。"

幽雅有冀盼的眼神。"这样好玩?"

乐祐晨立刻带幽雅去拍拖了:"我们这就去看一场互动电影好吗?"

那天,乐祐晨与幽雅看了一部怎样的互动电影?他们选了一套动物园冒险电影。剧情就是,男女主角走进一个失控的动物园,要不断对抗各种野兽、混乱的游客、发疯的职员、野心勃勃的动物园管理层,等等。

看完、玩完后,真是筋疲力尽。

不过亦因此,幽雅有灵感了。她想到,她要与韩磊一起玩什么了。

她会为臭屁孩制作一部互动电影。

Chapter 7

◇◇◇

当 *Carla* 醒来之后,她很快就记起了昏迷前的事。纵然 *Lenny* 对她温柔体贴,*Carla* 都很抗拒。

Lenny 解释自己的行为:"第 9 号当铺的老板说过,我之所以会忽然冷酷对待你,是因为我的灵魂的原先拥有者是一名可怕的人……"

谁知,经 *Lenny* 这么一说,*Carla* 唤醒的记忆更多。

Carla 记起了她与幽雅的后续典当内容,她答应过与一名混人谈恋爱。

顷刻,*Carla* 爆哭。

Lenny 紧张探问,*Carla* 转身别过脸,只哭不说。

眼泪如江河尽流。*Carla* 感怀此生,为了得到爱情,两次进出第 9 号当铺,两次都交出珍贵的典当物,两次所得的都不尽如人意。

Lenny 依然在旁说出歉疚的话,*Carla* 不想听了,她悲怨地说:"我为了这一次的爱情连灵魂都舍弃,却换来一名假人给我的假爱情!"

教 *Lenny* 如何不伤心?他也有他的委屈。"我不是真人类,但我给你的是真爱……"

Carla 望进他的眼睛里,凄然地说:"原本与你的这一次,我是想相信爱情的。"

Lenny 无语,他知道他犯过的错是百口莫辩。

后来，Carla趁Lenny到别的地方公干，就径自飞回原本居住的城市。

她对自己说，六十三岁了，还有十五年命，清清静静地活这十五年，别再妄想什么爱情不爱情。心如止水过日子，就算是对得住自己。

接下来的两个月，Lenny多次要求相见，她都躲避。

找着Carla的是幽雅。

幽雅来到Carla的住处。大宅的地段一流，装修得时尚有型，不问而知，女主人的生活丰盛优越。

Carla欢迎第9号当铺的老板，她倒了两杯酒，一起在漫天晚霞前谈心。

Carla说："一生之中，总有这些那些人走来向我拿走这拿走那。但都不及他狠，他是来拿走我这条命！"

幽雅如实说："他是真心爱你的。"

Carla窃笑："他连人都不是！"

幽雅说："他这一种，可以比人更高尚。"继而，说出要Carla知道的重点："是他向我作出典当，要求让你醒来。要不是他有此请求，你可能会昏迷到七十八岁！"

Carla呷了口酒，不作声。她并不知道此事。

幽雅说："Lenny是知道的，如果你醒来，未必会像从前一样爱他，甚至，更可能指证他。冒被你告发的险，他都仍然希望你苏醒。"

是有点感动，不过，Carla依然皱眉。"但我已不稀罕他的所谓爱情,哪知会不会只是计算机特定程序?"

幽雅说:"他为了继续去爱你,作出了牺牲。"

Carla摇头,冷笑:"不是我作出牺牲吗?是我当过植物人呀!"

Carla把酒喝完,再倒了一杯。

幽雅说:"既然他不说,那么,我代他说。他为了让你苏醒,他典当了十年后的十年运气。即是说,由十年后开始,他会事事不顺,倒霉事都发生到他身上来。"

Carla就联想到一些画面。Lenny接连遇上倒霉事,又被生意拍档出卖,损失金钱和地位,纵然翻身机会就在眼前,却又因为运气不够而无法卷土重来,更被敌对人士赶尽杀绝,情况狼狈不堪……

幽雅看出,Carla是心软了。

幽雅说:"运气对任何人来说都很重要,尤其是做生意的,没运气是大忌。他就是为了你,甘心倒霉十年。"

Carla没忘记Lenny有运气时是如何风光,而Lenny是重视运气的。他肯因她走进霉运,是真的有牺牲。

这时候,幽雅对Carla说:"呀,有一种情况很能感受到真爱,那叫做共患难!"

就这样,Carla脸上有光。

是被提醒了。

是有这种爱情的。

Carla在心里说,她连灵魂也舍得舍弃,不就是为求一段顺其自然发展的真爱？

一段能共患难的爱情，会是难能可贵的真爱经验。

Carla 望着幽雅，心意明显是动摇了。"共患难……"

幽雅说："也许，你最冀盼的真爱，是由他落难才开始，是由你去为他付出从而印证。"

Carla 思考幽雅所说的。

落地大玻璃外的天际，由紫变黑了。

幽雅说："你回到他身边吧！与他商量，如何为十年后的倒霉十年作出准备。两人携手经历波涛，共同为将来筹谋后，你就不会再想起他是个假人。"笑了笑，再说："吃苦的感情，太有人性光辉！"

Carla 不得不与幽雅碰杯。

把酒喝完后，Carla 有感而发。"我这种可说是一世犯贱！当初，我为了爱 Tony 爱得有安全感，甘心承受了二十多年口腹之苦！无人会明白，把美食放进口是苦差的荒谬。来当铺做了续当后，我牺牲的是灵魂呀！换来的，是少于三年的公主待遇，余下的晚年要为伴侣担惊受怕，要与伴侣共同受苦。"

幽雅只是说："信我，你会喜欢的。"

Carla 笑了，自嘲起来："因为吃苦，爱情 *feel* 才够浓！"

幽雅眨眨眼："有 *feel* 最紧要呀！"

离开 Carla 的住所后，幽雅想起自己与乐祐晨，她爱与他一起，就是享受那好 *feel*。

Chapter 7

"人要做真心热爱的事。"是乐祐晨先说的。

在爱情上，与乐祐晨配成一对，她没遗憾。

但在处理当铺事宜上，幽雅觉得，也必须感觉良好。

说真的，从来从来，她都不享受当第 9 号当铺老板这位置。

所以，她对自己说："为臭屁孩准备的独特玩意，要尽快执行！"

◇◇◇

梦里，乐祐晨又听见这个呼唤他的声音："X……"

好光好光，又充溢爱。

面前出现一道巨大的门，是现代化的大宅木门，设计简约，由中间推开。

乐祐晨伸出右手，稍微推开右边的那一道……

"X……"又是一声呼唤。

瞬间，改变了。

看真一些，眼前那道正被推开的门，似有亿万年历史。

经历过风霜的灰色石门，门的顶框是拱形，两边门柱上有立体的天使雕塑。

不知怎地，乐祐晨就是知道，左边有六个天使，右边只有五个。

他使劲地从中间把门推开，啊，这门好重好重，似有一吨那样重。

门被推开了一线,强光由门后激射出来。

乐祐晨以手臂遮挡强光,当光散去,他从门缝向门后看,那里站了一个人。

那人是他的模样。

正惊讶。

数不清的箭由乐祐晨身后飞射,同时候中门大开,箭穿过门,直射到站在门后的自己身上。

万箭穿心。

"呀……"乐祐晨惨叫。

他醒了。

◇◇◇

要为韩磊设计一部互动电影的话,先要有重点内容。

要戏剧性?要峰回路转?不不不!幽雅最关注的是,要摸熟臭屁孩玩游戏的手法。

幽雅对韩磊说:"你知道吗?我决心要做恐怖片导演了。"

韩磊半取笑半鼓励:"哈!终于!数十年前的念头,今天才行动!"

幽雅说:"还不是向你学习?你看你,创制混人多么成功!"

被夸赞了,韩磊掩饰住自己的洋洋得意,故作关心地说:

"那部恐怖片是什么内容?够劲吗?"

幽雅告诉他:"之前到下一世探望乐祐晨,他带我玩了下一世流行的互动电影,观众可以进入电影里直接参与的,我觉得好玩,就想制作一部。"然后,以诚恳的语调对韩磊说:"诚心希望你能一同演出!"

韩磊就有点欲拒还迎了。他先是皱眉,再挤上考虑的表情,又问长问短:"我?我好忙的呀!你找我演?要我当个什么角色?有我在的话,我怕太抢其他人风头!"

幽雅就嘻嘻嘻地笑,对他说:"首先,我要理解你的肢体动作,以便给你设计角色!"

那么,韩磊就摆出有型姿势,模仿詹姆斯·邦德持枪。

幽雅认真地点下头,像个专业导演那样说:"很醒目,很上镜!"

韩磊就高兴了。

此时,幽雅要求:"我想利用一下你的百宝袋!"

韩磊没戒心,他问:"怎样利用?"

幽雅说:"互动电影中有这样一幕,会以特效向你飞出多种用具式武器,你要本能地使出相应的武器去瓦解。"

"即是……"韩磊有点听不明白。

幽雅说:"我们以想象的方式练习一下。留心了,我要说的是……"

韩磊的样子真的很留心。

幽雅高声说:"厨房砧板!"

韩磊无反应。

幽雅就解释了:"噔噔噔,你想象一下,一块巨型的厨房砧板飞扑向你!"

"啊!"韩磊明白了。

于是,韩磊以极有型的姿势从裤袋内掏出一把菜刀。

幽雅点头,以示韩磊做得对。她说:"好!到真的拍摄时,你就飞出真菜刀!"

砧板配菜刀。韩磊记住这种配对逻辑。

幽雅再说:"你想象一下,一个枪靶出现在你面前!"

韩磊懂了,他从裤袋内掏出一支手枪。

幽雅竖起拇指。

做得对的臭屁孩笑起来。

这时候,幽雅要说的是:"一道……大门……"

幽雅极度留心韩磊的反应。

韩磊把手伸入裤袋内,不过,这次有犹疑,他问:"哪样的门?"

幽雅反问:"什么这样那样的门?"

韩磊说:"我裤袋内有太多种钥匙。"

幽雅就明白了。"啊,是吗?就试试家居的门!"

韩磊拿出那种家居门匙,向前伸作开门状。

幽雅自感引导得对。她再说:"古堡大闸!"

韩磊就掏出一把古老铁匙。

接着,幽雅要说:"圣堂中神父放置圣体的约柜小门!"

韩磊先是犹疑一下,然后掏出一把相应的小钥匙,不过,之后望向幽雅的神情明显有着怀疑。

幽雅心想千万不可以被他识穿。于是,她立刻继续,但就转了物件:"打猎时有兔仔跑过!"

韩磊就掏出一把猎枪。

再练习了十来次后,幽雅就觉得可以停了,她说:"你的角色主要是拿出相应的武器或物件。因为是互动、有游戏性质的,因此,不能确切告诉你到时候会出现什么物件,免得破坏你最自然的演技!"

韩磊仿佛是信服了。

此时,幽雅说:"刚才看见,你真有许多款式的钥匙。"

韩磊自然地回答:"什么门就配什么钥匙呀!"

"啊。"幽雅继续问:"某一款钥匙只能开某一道门的,对吗?"

韩磊说:"应该是说,某一种钥匙能开启某一层次或级别的门。"

这一句,幽雅记在心。

然后,她立刻就与韩磊讨论作为一名演员要注意的事。

韩磊受教地听着,又应幽雅的要求做出各种表情。

幽雅分了点神去想,真要重点研究一下,诱使韩磊拿出那把迷你金钥匙的剧情。

神圣之门

Door

幽雅对乐祐晨说:"也许……也许……我们以后的日子能做自己热爱的事……"

乐祐晨说:"你真的要反臭屁孩了?"

幽雅说:"我准备改革第9号当铺呀!"

乐祐晨问:"怎样改革?"

幽雅告诉他:"我需要在那本册子上写上一条当铺新规矩。"

乐祐晨当然就问:"什么规矩?"

幽雅却说:"卖关子!"

乐祐晨笑了:"整个计划都卖关子?"

幽雅溜了溜眼珠,说:"我就是觉得有种天机不能泄露的感觉……暂时不好说出来……怕说了就不能成功……"

见乐祐晨的样子有点失望,幽雅就说其他的:"唔……之前的步骤能说!是这样的,要引韩磊自行由他的裤袋掏出那把迷你金钥匙,接着,金钥匙在我手后,就引领出小约柜,再从小约柜中拿出册子,最后,改变其中一条当铺规矩!"

乐祐晨思量:"第一步,是引韩磊自己拿出那把迷你金钥匙……"

幽雅点点头。"我会制作一部互动电影，当中需要有一道门，以那道门引他掏出那把钥匙！"

乐祐晨一听见是"门"，就很关注了："门？你是说，内藏册子的约柜之门？"

幽雅解释："不一定要那道约柜之门！韩磊透露了少许，他说，总之，同层次的门就能引出同层次的钥匙。唔……怎么说，那把迷你金钥匙能开启约柜之门，也能开启与约柜之门相同层次、相同神圣的其他门！"自己说过后，就又沮丧起来。"不过，那样神圣的门真是哪里找？又回到基本的问题……"

乐祐晨呢喃："门……"之前才做过有关门的梦。

幽雅说："需要有一道非常神圣的门，用以引出那把迷你金钥匙，就是这样了！呀！找这种门有什么门路？你在下一世有遇过什么神圣之人、神学异士吗？"

乐祐晨这样告诉幽雅："我倒是做过一个梦，梦中，我开启过两道门。"

幽雅就说："什么门？这么巧……"

乐祐晨说："感觉上，其中一道古老的门很神圣！"

幽雅好奇："你打开了门吗？门后有什么？"

乐祐晨说："古老的那道门之后，有我自己……"

"啊？"幽雅惊奇。

然后，乐祐晨说："我被万箭穿心！"

幽雅先是默然，片刻后才说："我刚认识你的时候，我也见过你被万箭穿心的画面……"

乐祐晨不想说万箭穿心这回事，他不想幽雅把重点放到他身上。

幽雅要找门嘛，他就专注于这焦点。他说："也许，找门引出钥匙这事是可行的。你看，当你联想到需要一道门，我就梦见神圣的门。"

幽雅也是这样想："嗯，我也有行对路的感觉。"

乐祐晨这样说："也许，改革当铺是注定由我俩一同完成！"

他俩带笑对望，喜欢这种夫妻同心的感觉。

幽雅想起这事。"你说过，有个声音唤你做X。"

乐祐晨耸耸肩："我还未知道X是谁。"

倒是，过不了多少天，幽雅就知道了X是谁。

原来，X来自第8号当铺。

◇◇◇

我们认识的乐祐晨是一个怎样的人？

自小，他就是个很有运气、福气满满、条件好、生活优越的人。

虽然父母离异，父亲又有点不长进，但乐祐晨的成长环境丰盛无忧，身边人都甚为疼他；少年时代已是投资专家，几乎是点金圣手,总是赚钱;长得比一般人好看,容易让人喜欢,没什么敌人;一早找着了人生重点:人要做真正热爱的事;然后,他拥有了花棚咖啡室,甚至找着了在花棚下的幽雅。

一个如此优质、顺利、品性佳、运气好的人,却总被韩磊称为多余。

那么,在韩磊的认知中、在他的空间内,应该是没有乐祐晨的。在韩磊所预料要存活的世界内,理应只有幽雅。

但多余的乐祐晨还是出现了,他介入到韩磊与幽雅所在的空间中,陪伴幽雅打理第9号当铺数十年。

乐祐晨的个性乐天、简单、光明、正向,其实不是管理暗黑当铺的典型人选。

但乐祐晨真的存在于第9号当铺中。虽然韩磊三番四次觉得乐祐晨的存在实在不妥当,一次又一次轰走他。

当韩磊认为乐祐晨多余,乐祐晨照理就是多余的。

究竟,乐祐晨为什么会出现在第9号当铺?

然后,是谁要他出现?

◇◇◇

幽雅对韩磊说:"其实,你再勤力生产混人,混人的数量也远比人类少呀!就算到了下一世,混人的数量也只有大约一百万,当中大部分都是期限短暂的 B 型号,性能高超的 C 型号的数量非常有限!你要与另一边斗的话,依然是无法斗赢!

这也太浪费你的资源了。"

实情是,暗能量中的混能量膨胀急剧,韩磊的混人虽然数量不是极多,但亦有助宇宙趋向撕裂爆炸。这个信息,幽雅当然对韩磊隐瞒了。

韩磊也不是不认同幽雅所言:"唔……你觉得我与另一边无法比拟,我是可以理解的。"

幽雅暗忖,抑压韩磊的野心就对了!要是让韩磊得悉长此下去的话,不出一二千年,他是绝对有能力毁灭宇宙,就真是不堪设想了……

韩磊看着新一批的C型号混人,神情带着茫然。

幽雅想,要是臭屁孩已对制造混人一事感到厌闷,就实在太好了。

最重要的是,千万不要让韩磊知道他自己其实很厉害,所作所为有撕裂宇宙的潜质……

此时,韩磊忽然说:"其实,早在第8号当铺年代,我已经有考虑过制造混人,不过就是有名外来者带坏了当时的当铺女老板,后来那两名当铺老板又搞事,情情塔塔什么的,又私下用了客人的典当物,最后我觉得这两人太乞我憎,一把火送走他们好了……"

第8号当铺的结局幽雅略略听闻过,好令人神伤。

不过,倒是这细节她未听过:"什么外来者?"

韩磊说:"有名来自另一边的家伙,白衫白裤的、有羽毛的,想带那个女老板到另一边。"

幽雅想，她真是不知情。

韩磊说："那家伙叫X。"

幽雅一听，怔住。

哇！好震撼的信息！

之后半天，幽雅既忐忑又亢奋，她很想告诉乐祐晨她刚才听见的，可惜的是，相见的日子在二十多天后。

韩磊所说的，真是爆炸！

不会吧，与她做了数十年夫妻的乐祐晨，是另一边的……

"天使。"幽雅呢喃，"我的老公是天使！"

◇◇◇

乐祐晨又在梦中听到呼唤："X……"

张开眼，就站在那道古老的神圣之门跟前。正把门推出一道门缝，左右两边共十一位天使就你一言我一语："X又回来了！""他仍然懵然不知吗？""看来是知多了些！""他是来搬门的……"

乐祐晨听见门框天使说到"搬门"这事，就高兴了："你们知道雅雅需要一道神圣的门！"

有天使说："门好重，你搬不动。"

乐祐晨就问："那怎么办？"

右边门框上的第一个天使说："你回答一个问题吧！答案对了，你就能把门搬动！"

乐祐晨未来得及追问,左边门框上的第一个天使说话了:"慢着,他这状态,运气全无的,搬得动这门,精力也会耗尽……"

然后,天使们又七嘴八舌了。"他答得对再说啦!""就算耗尽心力也要完成任务的呀!""没运气真是最糟糕的事!"

又关运气的事。乐祐晨扬了扬眉,先不管了。

他准备好要答问题:"你们要我回答什么问题?说吧!"

接着,十一名门框上的天使互望一眼后,就同声同气地说:"一、二、三,发问!"继而,一起问了乐祐晨这个问题:"你知道幽雅要改哪条第9号当铺的规矩吗?"

乐祐晨先是一呆,然后笑了,说:"哈!我回去问她就成了!"

天使们就说话了:"无可能!""她不会答!""真可惜!X最后还是无法得到答案!"

乐祐晨觉得这班天使可笑又荒谬,怎会得不到答案呢?

他完全不把门框天使说的话放心上,亦不想浪费时间在大门之外。

乐祐晨知道,这一次,他需要进门。

于是,他拼力推门,门真的好重好重,他是扎好马步七情上面[①]使劲推。

未几,门缝够一个身位了,乐祐晨喘着气站定。

[①] 粤地方言,意为表情丰富,什么情绪都放在脸上,形容很卖力。

Chapter 8

他向门后望去，啊，又见到自己；然后又再从身后远处飞来万箭，箭能穿门，密密麻麻射插到门后那个自己之上。

那个被万箭穿心的自己表情痛苦。

乐祐晨的心撕痛，他连忙按住心房。眼前这一幕明显是幻觉呀，但他居然感受到那种痛。

是谁那么狠对自己发箭呢？

万箭穿心的自己在数秒后消失，古老大门自行全开，乐祐晨走进去。

迎面的一道光打在他身上，再穿入他体内，接着从他身体四散。光把四周照亮得极白而刺眼。

乐祐晨受不住，要合上眼。

呼唤又来了："X……"

声音雄厚，但内藏着爱。

就这样，乐祐晨有回家的感觉。

家，放松、休憩、安全。

他在安乐安心中张开眼。

四周的光已变柔和。

乐祐晨不期然挂上了笑容，嗯，他喜欢这里。

"你进门了。"声音说。

"是的，我回来了。"乐祐晨自然地回答。

"一切顺利？"声音问。

乐祐晨想了想，说："门框上的天使要我说出一个答案，他们知道我要搬门。"

"你知道答案？"声音问。

乐祐晨告诉对方："我问雅雅就知了。"

谁料，声音这样说："她不会告诉你。"

啊，与门框天使同一口径。

乐祐晨提出疑问："为什么雅雅不会告诉我呢？我始终都会知道她要改哪一条第9号当铺的规矩呀！"

乐祐晨期待听到答复。

可是，声音说了别的："这一次，你在这间当铺待了一些时候。"

乐祐晨又很自然地回应："好几十年了！最近，被放置到下一世，也是打理同一间当铺。"

声音说："比上一回处理第8号当铺深入了。"

乐祐晨疑惑："第8号当铺？"

疑问一出，乐祐晨就看见一个画面，一个白衫白裤的男人正对一个美艳性感的女人说："我带你去天堂。"

那白衫白裤的男人样子长得不像乐祐晨，但乐祐晨知道，那正是他自己。

这画面在他的眼前消失。

啊……记起了……啊……第8号当铺……

声音说："你未能带走那个第8号当铺的女老板，她与男老板一同被火送走了。你回来后我就让你处理第9号当铺的事，你知道，我希望当铺不只专属暗黑那一边，我希望我们这一当铺能以我们的方式去打理。当铺专属他们那一边太久太久了,最后只剩他们那种暗黑、悲哀、无人得益的风格。我希望宇宙里起码存在一间真正能裨益人类的光明系当铺……"

说得清清楚楚。这就是上天交给X的使命。

乐祐晨的神情好亮。"我记起了!你是要我去学习经营暗黑系的当铺,然后进行改革!目的是,我们这一边沾手后,当铺就有新风格!"然后,自顾自说:"啊!雅雅不是正着手改革当铺吗?整件事真是注定的!是一宗使命!"

发现了与幽雅的行动有着神圣的吻合,乐祐晨满心高兴。

声音却说:"可惜!你典当了我给你的重要元素。"

乐祐晨想了想。"你是说……我的运气?"

声音说:"没有由我而来的运气,你回答不了门框天使的问题。"

乐祐晨的反应是:"你现在重新给我运气不就可以了吗?"

声音说:"当初,我给你满满的运气,是要你在人间的四世履行你承诺过的不同使命,想不到,你在第一世遇上她之后,就在第9号当铺典当尽你的运气!"

乐祐晨心想,这算是做错了吗?回想起来,其实,在典当出运气的那一刻,又真的无人逼使他这样做。

声音说:"既然那是你的自由意志,那么,结果要由你自己去解决。典当就是典当了,你应该最明白当铺的运作是怎么一回事。"

乐祐晨说:"好的……是我自愿典当,这些年来我从没有后悔!这件事我会处理。"

声音接纳他所言。

乐祐晨有事情想知晓："我想问,是谁令我万箭穿心?"

声音的回应倒是稀奇。"你至今还不知道?"

乐祐晨以为,会听见那个名字……

这一生,除了她,还会有谁?

谁知,声音如此说:"那被万箭穿心的人,根本不是你!"

怎会如此?

乐祐晨即说:"那人明明长着与我同样的脸!"

声音显示出慈爱:"那人怎会是你呢?"

那人……

乐祐晨离开了极白之地、离开了古老大门。他从梦中乍醒。

那人是谁?

◇◇◇

乐祐晨心想,等二十多天,就问幽雅那个问题。

幽雅心想,等二十多天,就问乐祐晨他的 X 代号身份是怎么一回事。

但二十多天内,可以发生的事实在太多。

韩磊想让 Lenny 接管一个孤儿院集团。孤儿院太有用了,孤儿可以自小被洗脑,长大了能成为暗黑那一边的追随者,而且,身体里里外外已预计会成为典当物。

Chapter 8

但 *Lenny* 居然拒绝韩磊的要求,他说,他要与 *Carla* 去南美洲探索印加文化:"是避世、什么人也不见、什么事也不做,专心一意的爱情之旅!"

韩磊听见就想作呕。但不知怎地,又随 *Lenny* 作主。

也是的,*Lenny* 这几年的运气仍丰,他的心意都能顺心地达成。有运气就是有运气。

韩磊宠信 *Lenny*,就让这名 *C* 型号头牌任性。韩磊看不过眼的是 *Carla*。

"老女人、老来娇、老花痴……"

韩磊暗忖,有机会就要她好受。

◇◇◇

幽雅在构想她的互动电影,心情既紧张又兴奋。虽然,制作电影的主要目的是引出韩磊的那把钥匙,但毕竟,这是幽雅的首部导演作品。

"恐怖电影呀,要有恐怖、张力、悬疑……但最不可或缺的,是感人!对了,在接连的恐怖后出现感人的情节,才能令观众的心舒坦、感到圆满,他们最想要的,就是那善良的一刻!"

说毕,又觉得有点可笑以及可惜,她这部电影,应该是没有观众的。

幽雅念念有词:"依照之前韩磊的练习,最后出动那道神圣之门,就能引出他的钥匙……但之前要有什么剧情?要有什么事情发生?"

然后有天,韩磊找着幽雅说:"电影人物必须加入 Lenny 和 Carla !"

幽雅问:"因何?"

韩磊直说:"Carla 好讨厌!我要在电影中作践她!"

本来,幽雅是会反感的,何苦又作践当铺的客人?但这样子又令她有灵感了。

"好呀好呀!加入 Lenny 和 Carla 吧!"她捉住韩磊的双手摇呀摇。"呵呵,太太太多谢你!"

说罢,幽雅欢天喜地蹦蹦跳跳回书房,她知道电影内容要有什么剧情了!

◇◇◇

乐祐晨必须知道幽雅要更改的当铺规矩是什么。

可惜,千等万等,才等到相见的一天,却临时被通知,幽雅有要事要到南美洲联络避世的 Lenny 和 Carla,没法与乐祐晨见面。

来通知的是一只能穿梭上一世和下一世的蝙蝠。它倒吊在花棚下对乐祐晨说:"韩磊要求幽雅在互动电影中加插 Lenny 和 Carla 为其中两个角色,因为 Lenny 和 Carla 正避世谈恋爱,幽雅很艰难才找得着他们,趁他俩愿意见她,她就赶到南美洲去了。"

乐祐晨想透过蝙蝠给幽雅作通传，蝙蝠却说："你说过什么，我都要向韩磊汇报的。"

这真是不太好吧！乐祐晨问："要不然呢？"

蝙蝠说："我要听他的，因为他说过，如果我做好本分，未来有机会变作蝙蝠侠！"

"啊？"乐祐晨觉得好惹笑。

蝙蝠很坚持对韩磊的服从呀，那么，乐祐晨就算了，不必让蝙蝠作通传了。乐祐晨也这样想，自己这种没运气的，真是别勉强，就算蝙蝠答应了他秘密给幽雅传达信息，最后也大概落得错漏百出，甚至被韩磊识破。

乐祐晨伤脑筋了。如何令幽雅说出门框上的天使所提问题的答案？

有一天，乐祐晨遇到一位客人，她看来很面熟，姓赵，自称是医院护士；也在同一时候，这名赵姓女护士与乐祐晨还没说几句，也觉得乐祐晨是她从前见过的。

乐祐晨问："赵小姐，第9号当铺可以怎样帮你？"

赵姓女护士说："我的愿望是不要我的阴阳眼呀！"自己说完，先定住三秒，然后就把事情想起了，她望着乐祐晨兴奋地说："老板，我们在上一世见过的呀！那时候你连番受伤，都被送到我和阿医生工作的医院来！阿医生总是对你说：'又是你呀！'"

乐祐晨有印象了，他笑起来："啊……啊……那时我刚认识我的太太不久,然后就遇上大大小小的不祥事,常常受伤!"

赵姓女护士说:"是呀是呀!由认识到后来生孩子,你都头头碰着黑!"

慢着,那是上一世的事呀,乐祐晨此刻打理着的,是下一世的第9号当铺啊!

赵姓女护士见乐祐晨脸上有疑惑,就知他在想什么。她说:"我带着我的阴阳眼投胎到这一世,然后,我长大了也当上护士,亦一样邂逅了阿医生,同时,也像上一世一样,解决不了同一个问题……"

这样谐趣?上一世与下一世几乎是同一身份、同一遭遇?

赵姓女护士说下去:"上一世因为我有阴阳眼,常常吓着了阿医生,他与我谈了一阵子恋爱就说受不住我见到灵异事,于是和我分手,然而,又舍不得我,没多久后又回来找我……如是者,我俩在上一世吵吵闹闹、分分合合。虽然相爱,但分手次数太多,很伤心很伤神的,实在爱得很辛苦。到最后,大家都老了,都仍然又分手又复合……这样劳累的感情,苦了大家,难言幸福……"她深呼吸,再说:"今世,我们同样又遇上,又同样互相吸引,为了今世能爱得更顺利、甜蜜、幸福,我希望不要再有阴阳眼!不想再见古怪恐怖事!"

"明白!"乐祐晨觉得赵姓女护士和阿医生的故事有趣极了。不过,随即有疑问:"赵小姐在这一世也能记起上一世的我?"

赵姓女护士说："我就是有这些怪异的能力！我能记得上一世许多细节，甚至有能力与上一世的自己连接！"

听罢，乐祐晨就有主意了："赵小姐，你打算拿出什么来典当？"

赵姓女护士轻声问："晚年的十年健康可以吗？"

因为她觉得这典当物分量可能不够，于是有不好意思的表情。

却听见乐祐晨如此说："只要你帮我一件事，我只收取你晚年的两年健康！"

受苦年期大大减少，赵姓女护士当然答应："太好了！老板尽管说！"

乐祐晨的盘算是，请今世遇上的这位赵姓女护士告诉上一世的那位赵姓女护士，下一世的第9号当铺老板必须知道上一世的第9号当铺老板要改一条什么当铺规矩。然后，就是这项重点："请告诉幽雅，如果她不说，我就搬不到门！"

虽然不理解前文后理，但赵姓女护士显得非常机灵，一字不漏地重复乐祐晨的要求："问上一世的第9号当铺老板，她究竟要改一条什么规矩；接着，重点告诉她，如果她不说，乐老板就搬不到门！"

乐祐晨很满意，亦认为赵姓女护士能完成所托。继而，他就与对方进行典当交易。

乐祐晨告诉他的客人："你的阴阳眼会在两天后消失，那么，麻烦你在两天内完成我的请求。"

赵姓女护士点头，对于达成任务很有信心。

下一世的赵姓女护士是以梦遇的方式给上一世的自己传话，通常，这两世的赵姓女护士都能从梦中得出非常准确的信息，例如，世界性股灾的日期、地震海啸的地理位置。但今次，上一世的赵姓女护士因为与阿医生吵了一场，心情太差就喝多了才去睡，纵然清晰地得到了来自下一世的自己的信息，但醒来后却只记得这一句："问这一世的第9号当铺老板，她究竟要改一条怎样的规矩，重点是……"

重点是什么，怎样也想不起来。

而且，这名上一世的赵姓女护士现今也七十多岁了，记性不是那么好。

后来，上一世的赵姓女护士找着了幽雅，在第9号当铺中告诉她下一世来自乐祐晨传达的消息。

幽雅的反应是："他又问？我说过天机不可泄露呀！"

赵姓女护士说："是有句重点的，可是我怎样想也想不起来……"

幽雅就说："不用费神去想了，他要的答案我不会透露。"

乐祐晨依然得不到答案。

既然来到第9号当铺，赵姓女护士不妨光顾一下："我的阴阳眼阻碍了幸福爱情呀！我已忍受了我这双怪眼七十多年！虽然已七老八十，但我和阿医生仍然吵吵闹闹！这双眼的能力以及一切异能，我真的不想要！听我的下一世说，我在下一世找到乐老板，已请他把我这个问题消除！"

Chapter 8

幽雅颔首以示明白:"我支持你不要你的阴阳眼等异能。你在今世把此问题铲除,下一世就不用面对同一个问题。有些烦恼,愈早解决愈好。我看到……你还有十二年命,而阿医生,还有十年命。你们可以在余下的日子好好相处。"

幽雅感激赵姓女护士代为传话,也觉得大家有点缘分,与乐祐晨一样,只收取了她最后年寿之前的两年健康。

不过,从此事情就有变量了……

赵姓女护士在上一世的典当带来了没预见的结果。

乐祐晨一直等不到幽雅的答案,他狐疑了。"没理由呀!幽雅听见搬门的重点不会不给我答案呀!"

于是,他翻查这一世第9号当铺的客人的资料,就是查不到赵姓女护士。

蓦地,他明白了。

一定是因为上一世的赵姓女护士找到幽雅后,因利乘便已典当了阴阳眼,下一世的赵姓女护士自然没有同样的问题,于是不会来找他。

"她今世没有阴阳眼等异能,连带失去与上一世的自己连接的能力,我就算找着她,她都帮不到我……"然后,乐祐晨苦笑了:"果然,我是没运气的人,看,任何事都会出错、搞砸、失败……"

沮丧来袭,乐祐晨按着额头好想哭。

倒是,忽然,重要的想法从低沉心情中浮现:"我需要的是有运气!有运气就能得到幽雅的答案,有运气就能搬门!"

结论是:"什么都假,首先给自己找回运气!"

不过,哪里可以找到乐祐晨的运气?

有的,幽雅不是偷偷保留了一些吗?

不过,乐祐晨还不知情。

◇◇◇

乐祐晨从他管理的典当物中捧出部分客人的运气,放在地上的玻璃瓶林林总总,为数真是不少。运气,是韩磊爱收集的,所以推销型混人都常推销,乐祐晨亦鼓励客人以此作典当物。

乐祐晨看着玻璃瓶内的颜色气体,动上这念头:"据为己有的话,我就能有运气,就能令雅雅说出答案,就能搬门!"

他不知道的是,韩磊正在后面看着。韩磊又找到理由呵斥乐祐晨了:"怎么了,想偷客人的典当物来用?"

乐祐晨就解释,他只是想给玻璃瓶抹尘。

这一次,乐祐晨不敢造次,没碰客人的运气。

韩磊回到幽雅的那一世,仍然余气未消:"那个多余的,对着客人的运气发呆,都不知是否想做贼!"转身后更狠狠地说:"烧死他!"

幽雅好担心乐祐晨。她心想:"其实运气我有……真要找个时机给他使用。"

这阵子,幽雅也心烦意乱,剧本她差不多写好了,分镜也画好了，需要用上的道具呀、服装呀、特效呀，等等，都有，但关键是那道门，要联络上乐祐晨，了解搬门的细节，才算是真正准备好了。

韩磊问："电影什么时候开拍？"

幽雅回答："快了快了！好精彩，好厉害！包你耳目一新！"

韩磊说："最紧要拍得我有型！"

幽雅讨好地说："你有哪一天不有型？"

被赞了，韩磊心甜了，就有个脸红情深样。他傻痴痴地对幽雅说："不如你做女主角！"

幽雅的反应是："我做导演嘛！"

但慢着……

看吧，韩磊这表情……

顷刻，幽雅又想到事情了，又有灵感了，韩磊对她的好感，真可以利用一下！

幽雅转而答应："好！我也担当其中一个角色！"

韩磊就好开心了。"我做男主角，你做女主角！"

乐得飞飞的韩磊，原地转了两圈，然后嘻嘻笑了一会儿才走开。

蹦蹦跳跳地走着走着，咦，怎么了，胸膛有起伏？

是因为走着跳？是因为太快乐？是因为幽雅答应做女主角？

他按住胸膛。什么鬼在里面跳？

不是没心的吗？

◇◇◇

幽雅听说了，上次她不能与乐祐晨见面这事，是由一只能穿梭上一世和下一世的蝙蝠给乐祐晨传话的。

她找着那只蝙蝠，作出要求："我想尽快得悉我在下一世的丈夫的状况，我恐怕他是状态太差……听说，他有心动用客人的运气……"

蝙蝠倒吊在咖啡室的壁灯前，对幽雅说："我是有接触过他……但是，要是你要我去接触他，你俩的一言一行我都要向韩磊汇报。"

幽雅觉得这会很麻烦。"你是蝙蝠呀，又不是狗！干吗那么听话？"

蝙蝠告诉她："他答应会把我变成蝙蝠侠！"

幽雅先是觉得搞笑，随后眼珠一溜，就有主意了。

她向蝙蝠提议："我才是当铺老板呀！我来给你做个交易吧，你就不用等，我立即就能把你变作蝙蝠侠！"

"真有此事？"蝙蝠好兴奋。

幽雅要求："那么，你去下一世找乐老板，问他最需要什么！"

蝙蝠问："你这就会把我变作蝙蝠侠？"

幽雅点头，然后替他选典当物。"你以……唔……鼻孔与我交易吧！"

蝙蝠高兴得很。"好呀！我最憎我的骇人多孔鼻子！五个鼻孔像朵花，好怪诞！你拿走吧！我要像人类那样，只余下两个对称的鼻孔！"

幽雅笑了，对它说："当铺交易不是这样的！你要在付出典当物时感到不舍、悲哀、难受才成！我说清楚好了，我要增加你的鼻孔为十个，这样可行吗？"

蝙蝠反应很大："十个鼻孔？岂不是丑上加丑？"

幽雅耸耸肩。"但可以变蝙蝠侠啊！"

那么，蝙蝠还是答应了。

后来，蝙蝠穿梭去了下一世，找着乐祐晨去传话。乐祐晨听了蝙蝠所言，想了想，就决定说最简单、不会出错的句子。他说："告诉幽老板，我要运气！"

不再说要答案、搬门那些复杂的事。

蝙蝠就回去了，传达了乐祐晨之意，幽雅点头，心中有数。

而在半天后，当蝙蝠飞到人类所在之处，就有人指着它说："蝙蝠侠呀！"

蝙蝠实在太快乐了，比平常更神经质地上上下下乱飞。

原来，人间的生物学家刚给一个罕有品种的十鼻孔蝙蝠命名为"蝙蝠侠"。

幽雅是没作弊的。

◇◇◇

在可以相见的那天,乐祐晨见着幽雅就立刻说:"快告诉我你要改哪条规矩!我要知道答案后就去搬那道神圣之门!"

幽雅却仍拒绝:"不要迫我说了!我说过不说的!"

乐祐晨就懂了,没运气,就连面对面也得不到答案。

于是,乐祐晨说:"快给我运气,我现在就需要!"

幽雅从怀中拿出一个小小玻璃瓶,当中的七色华彩流动着。乐祐晨眼看有救了,却不知怎地,幽雅竟然手一松,瓶子跌到地上碎开,当中的气体四散。

在千分之一秒间,乐祐晨满心悲哀,天呀,不是运滞到这样吧,就连眼前的运气都捉不住!

接下来的一霎,乐祐晨不管了,他飞身扑上前,对着流散的七色华彩伸出手臂和脖子,能沾上多少就多少。

幽雅紧张地看着……

嗨……

真是奇事……

四散中的七色华彩好像有灵性般,认得出乐祐晨。

这家伙就是这些运气的原先拥有者……

是宇宙的大能亲自给他送上运气……

就这样,部分运气停留在空间里,等候乐祐晨来接触。

乐祐晨伸前的指尖、鼻尖、额顶,触碰了一点点。

一点点运气……一点点运气……

Chapter 8

虽然只是一点点,得到运气的人,顷刻不再一样。

运气贯通乐祐晨的里里外外,瞬间就让他神采飞扬。

乐祐晨合上眼,享受重新获得运气的这一刻。

一张眼,幽雅就在他跟前。

幽雅看来很有说话的意欲,她说出来的是:"快告诉我有关你的X代号身份的故事!"

说完,幽雅自感奇怪,干吗此时此刻有此要求?

乐祐晨倒是这样想,如今有运气了,还不趁快完成最重要的事?乐祐晨对幽雅说:"你先告诉我你会改哪条当铺规矩?"

幽雅原先要拒绝,但……

她看到,乐祐晨的眼里有些什么……

那里是一片海,海面有海豚跳上跳下,海的上空有神圣的光照射下来……

幽雅被吸引开去,她入神了。

然后,她看见乐祐晨的口型,正以无声、慢十拍之态,重复他所说的。

幽雅在心里啊了一声。

接着,幽雅果不其然好想好想说出答案,于是,她伏到他耳畔,小声地说了。

乐祐晨听见了,他的表情亮起来了。

都说,有运气的人,做事手到擒来。

乐祐晨得到答案了。

乐祐晨的双手按住幽雅的两肩,他望着她,他的内心很激动,有许多话想对她说。呀,有关于门框上的天使的,有关于大能给他的使命,有关于第8号、第9号当铺的……

呀,他觉得喜乐极了,他得到了她的答案,他重燃希望了。

"能搬……"乐祐晨吐出这两个字。

那个"门"字还未说,异象就来了。

从幽雅身后上上下下、左左右右射来万支箭,这次,箭没穿过乐祐晨,所有的箭都射到他身后,继而,从后面传来一声惨叫。

乐祐晨转头看,啊,又是一个自己。

但慢着,真是自己吗?

幽雅都看到刚才发生的事,她看到万支箭,看到那些箭都射到第二个乐祐晨身上。

幽雅看着第二个乐祐晨,看得脸也侧起来,嗯,她好像记起那是谁……

那人明明长有乐祐晨的脸,但幽雅能肯定,那个不是乐祐晨。

那个被万箭穿心的乐祐晨消逝了。

留下惘然的幽雅和有运气的乐祐晨。

他俩四目交投,刹那间不知该说什么。

乐祐晨觉得,正经事要紧。得到一点点运气的他抖擞起精神,对幽雅说:"我先去做重要的事!你回去准备开拍你的电影!"

电影:亲密的厮杀

Movie

早在电影开拍前,幽雅已让韩磊明白这部互动电影的游戏规则。

幽雅说:"要有规则游戏才好玩的。"

韩磊点头:"同意呀!"

幽雅笑起来:"首先,你是这部电影最重要的人物!"

幽雅这样说,韩磊就有既自豪又带点害羞的表情,接着幽雅要说什么,韩磊几乎都觉得可行。

幽雅说:"所以,你有游戏规则决定权,也是压轴出场的!"

韩磊故作谦虚地说:"导演,你觉得我可以我就是可以!"

幽雅又卖口乖:"你看你,天生就是男主角!"

韩磊一脸怪不好意思,但心里是认同的。

幽雅说:"首先,这部互动电影的名字是《亲密的厮杀》,顾名思义,亲密的人互相厮杀就是主题!"

韩磊当然就喜欢了。"已经觉得一流!"

幽雅笑:"很合口味,对不对?恐怖、悬疑、猜不到、看不透……而且感人!"

韩磊由衷地说:"我真是迫不及待!"

幽雅就告诉他细节:"电影内有三个组合,第一组是林教授与他的妻子和女儿……你还记得林教授吗?数十年前他来典当过尊重,现已作古了。他的灵魂早已归你,听说你给一名 C 型号混人装置了他的灵魂,这名混人在下一世的运作甚为良好!"

韩磊想了想:"是呀!林教授的灵魂很能配合 C 型号混人的企业领袖要求呀!"

幽雅点点头,说下去:"这一次,选上了三名 B 型号混人去扮演林教授、他的妻子和女儿,我尽量选用酷似这三人原貌的。剧情方面,也突出了他们三人的原有个性特质。"

韩磊说:"都说我的混人功能好!绝对好用!现在更能当演员!想不到较逊色的 B 型号混人能有这个方向的出路!"

幽雅先是一脸认同,然后,她说下去:"第二个组合是 Lenny 和 Carla,他俩是亲身上阵的!"

其实是应韩磊要求,Carla 必须参与。幽雅还记得,韩磊希望可以作践 Carla。

幽雅望了望韩磊,韩磊有那种"看那个老女人怎么收场"的表情。这个组合幽雅不必多说了,大家心照不宣就好。

接着,幽雅说:"第三组就是我和你呀!你要我与你有对手戏,于是我就作出安排!"

韩磊好高兴:"太令我期待了!"

幽雅继续解释:"首先,身为这部互动电影的最重要人物,你可以作出游戏规则的选择！"

韩磊细心听。

幽雅说："游戏规则有三种：一，谁杀谁你都不必管，任由剧本创作人去发挥；二，由你指定谁去杀谁；三，随机决定谁去杀谁。"

韩磊就思考了："任由创作人去发挥……就林教授与妻女那一组吧！"

即是说，这是韩磊觉得最不必插手和事不关己的组别。

韩磊说下去："指定谁去杀谁这规例，我决定，是 Lenny 和 Carla 那一组！我指定 Lenny 去杀 Carla！"

韩磊所说的，亦是幽雅所预料的。

韩磊说："那么，我和你的那一组，就随机决定好了！"

幽雅明白韩磊的心意，他和她同在的情节，韩磊预计只会是玩玩的，于是不太有所谓。

韩磊的选择，也在幽雅的计算之中。

然后，幽雅说："但真正好玩的是以下这个设定：三组之中，有一组可以真杀！"

韩磊亮起眼，觉得太过瘾了，还不立刻决定？他高声说："Lenny 和 Carla 那组！"

真杀啊！韩磊实在好想折磨 Carla。

幽雅笑，就是知道臭屁孩会这样选。

韩磊摩拳擦掌，等着看好戏。完全就是未开始先兴奋！

幽雅心想，她也是一样哩，一切都是迫不及待……

Chapter 9

◇ ◇ ◇

最先拍摄的是林教授那一组，基于演员都是混人，幽雅需要为他们写好详细剧本，于是，演员们的表情、情绪、行为、动作都完全根据幽雅的意思，并且需要他们在拍摄前多番排练。相对其余两个组别，处理这一个组别的剧情和表演，幽雅觉得压力不算大。她明白的，韩磊不过是想看一家人互相厮杀，只要够张力，韩磊是会收货的。

工作人员方面，幽雅从第9号当铺的天花板中选了一些鬼鬼怪怪去担任。深海章鱼怪手够多，适合拿道具；《爱登士家庭》中的爱登士太太审美触觉好，被选中做美术指导；摄影师有两位，分别是《猛鬼追魂》系列电影中的 Camera head，他的右眼是一部插入眼窝的摄影机，配合同系列的另一个满头插着 CD 的 CD head，真是最佳摄影拍档；科学怪人够高，他是灯光师；《危情十日》中的变态杀人女书迷就担任茶水师；著名的剪刀手爱德华就做发型师；Joker[①] 负责化妆。

幽雅坐在导演椅上，旁边的韩磊被特许有私人座椅，与导演并排。幽雅的跟前放置了好几部监看荧幕，她望了望前方那个中产家庭的客厅布局，然后就叫演员就位。

韩磊看着幽雅的侧脸，领受她认真工作时的专注美。韩磊是首次旁观电影制作哩，说真的，心情真有几分兴奋。

---

① 小丑，美国 DC 漫画旗下的超级反派。

幽雅对韩磊说:"三名混人在之前彩排了许多次,待会他们的演出会很娴熟。这组别的拍摄是一 Take 过的,整场表演就像舞台剧那样。"

韩磊深感了不起。

当幽雅认为一切都准备就绪,就喊了声:"Action!"

互动电影要开拍了。

长沙发上坐着林教授一家三口,林教授坐在中间,右边是林妻,左边是女儿。

只见林教授战战兢兢地把茶几上的纸盒打开,拿出内里的纸条,悲伤地读出来:"'亲密的厮杀'展开!一家人中,必须有一个人死!"

刚读完,左右两旁的林妻和女儿交换了一个眼神,接着,各自从坐垫后、沙发垫子底部掏出武器,林妻是菜刀,女儿是手枪。林妻以菜刀架在林教授颈前,女儿则以手枪指住林教授。

被妻女当成杀害目标的林教授悲凄地说:"我从没想过要为这游戏私藏武器,我从没想过要伤害你俩,你们却居然早有准备……"

林妻红了眼,她看来也是伤心的。

女儿却是一脸愤慨:"我们不得不这样做!爸爸,我还年轻,我仍有漫漫人生长路,是我死的话,真太浪费了……我相信,你也舍不得妈妈死……"

林教授摇头,哽咽着说:"我一生为人,做什么也是为了你俩……每次做生意赚到钱,我总是先选大礼给你的妈妈,然后就汇钱给在外国留学的你,好让你有更多闲钱花费,最后才会买点什么给自己……"

想起林教授对她们的好,妻女都表现出既无奈又悲恸的神色。

女儿实在杀不下手,她垂下手中的枪,悲泣起来:"爸爸……"

林妻也放下架在林教授颈上的菜刀。

林教授没有趁此机会逃跑,也没抢去妻子和女儿的武器,他只是说:"我早预料会在这游戏中牺牲的,我甚至早已立下遗嘱,把遗产赠予你俩,你们听我说,要把杀害我这事装成是有贼入屋谋财害命。"他望着妻子,对她说:"我加大了保险金额,受益人是你,所以,你不可以是谋杀我的人。"

林妻一听,就搂住林教授哭。

林教授轻拍妻子的背,然后转头对女儿说:"别浪费时间,开枪吧!"

女儿边流泪边说:"妈妈,你过来我这边吧!"

林妻走到女儿身后。林教授以不舍的眼神望向两个他深爱过的女人,再坚定地向女儿点下头。

女儿把枪对准林教授的头,痛苦地合上眼,逼于无奈地向林教授开了枪,林教授就向后跌躺,倒在血泊中。女儿把杀害父亲的凶器抛得远远的。

尽管枪声和血水、子弹毁容等效果会在后期制作中才加工，韩磊也看得聚精会神，十分投入。

并且，韩磊留意到，深海章鱼怪正把一把斧头交给站在女儿身后的林妻。

韩磊惊讶非常，难道……

刚射杀了林教授的女儿伏在林教授的尸体上悲泣，却因感到背部有尖硬的物件压下来，于是企图撑起身。

摄影师 *Camera head* 走到女儿跟前蹲下，镜头以低角度对着女儿和她身后的林妻。

韩磊望望现场又望望那组荧幕，他实在喜欢这种峰回路转。

"妈……你干什么？"女儿低叫。

林妻双手紧握斧头，在女儿背后说："你不知道吗？要是家庭成员只剩下一人的话，那人可独霸一亿奖金！"

林妻的行为，实在教女儿难以置信。"爸爸留给你的遗产，还有那份保险金你还嫌不够吗？已经起码有数千万呀！你居然为了钱要杀我？我是你的女儿呀！"

林妻说："就因为你是我的女儿，我才要杀你……"她狠狠吐出以下的话："我有多恨你，你知不知？"

女儿瞪大眼，她是真的不知。

试问，又有哪个女儿知道，她们的母亲有多恨自己呢？

林妻把女儿翻身过来面向她，女儿这才看见，这个生下她的女人的表情有多怨恨。

做了差不多二十多年母亲的女人说："由怀着你开始，我就受苦，无尽的不适，身材走样……然后生下你，过程真是死里逃生……那个时候我还不知道，生了孩子后，还年轻的我会得到各种毛病，频频尿失禁、腰肌劳损、乳房变形、大量脱发、抑郁……身体上百般不适也还算了，你这个我生下来的人，就那样夺走了原属我的宠爱，从此，你才是公主，我只是个侍候你的人……"

"当母亲就是这么一件凄惨的事！我把我整条命都送了给你！我没有了自己，万事要以你为重！天呀，你究竟是谁呀！未有你之前，我是开开心心的！有了你之后，我就像被关进了监狱！一直以来，我流泪多过欢笑！我每天就是给你弄吃的、替你打扮、教你功课、接送你去跳舞学琴！我能坐下来看一集电视剧已经要感恩！你究竟是谁呀！你有什么好处给过我？我要在生下你之后整条命送给你？"

看着这个视她为仇人的女人，女儿真是万般不解。"所有做母亲的都是这样啦……这叫做母爱，不是吗？"

林妻冷笑："母爱？你们做子女的，占了母亲一世的便宜，然后美其名称之为母爱？再没有更'揾笨'①的事！"

女儿只好说："我已经长大了！你自由了啦！不必再为当母亲受苦啦！"

林妻的恨意没减半分："我要先讨回公道！我要先报仇！"

韩磊看得屏息静气。

啊，天下间有母亲如此痛恨当母亲这角色！这种人物设定

---

① 粤地方言，意为当人是傻子，然后占便宜。

真是好看极了!

韩磊眼也不眨。

下一秒,林妻就以斧头斩向女儿,一下又一下,林妻的表情含恨又狰狞。女儿求饶的声音持续了数声:"妈妈……不……妈妈……"然后就被斩死了。

"*Cut*!"幽雅喊道。

第一组的拍摄完结了。

韩磊站起来拍手,极之赞赏。"太精彩了!完全意料之外!好紧张好紧凑!道尽人性的丑恶!丑丑丑!真是太好看了!"

幽雅就说:"林教授的角色是人性的光辉呀!"

韩磊说出感受:"我最欣赏的是林妻呀!"

幽雅笑:"我就知你会认同我这样的处理!"

三名混人演员离开布景,工作人员开始把布景拆除,准备换上下一个环节所需的场景。

韩磊仍在回味刚才看到的。他说:"你令我万分期待下一组的演出!"

幽雅说:"是 *Lenny* 和 *Carla* 哩!"然后,再加一句:"是你选择的真杀!"

韩磊不禁手舞足蹈。

幽雅看着韩磊,心知,她已成功令韩磊投入这部互动电影,只要保持他的投入度,她就会得到她想要的。

◇◇◇

Chapter 9

第二组的拍摄场景很华丽典雅，又带有哥特色彩，布景内装置了水晶灯、紫色丝绒沙发、金脚云石茶几、壁炉、古典风格挂画。啊，都是美术指导爱登士太太的功劳。

好吧，拍摄要进行了。

Lenny 和 Carla 就在沙发上对望牵手，说出绵绵情话。

Lenny 说："在差劲的世代过上好日子，真是一个好故事。"

负责打灯的科学怪人把灯照到 Carla 之上，原本健康肤色的 Carla，在灯光下看来异常苍白。她说："原来，我的世界已经步向末日了，我还不知道。"

Lenny 说："一直以来，我最想得到的是无条件的爱……"

看到此，韩磊开始忍受不了，干吗，对白是不可思议的肉麻，而且前言不搭后语，狗屁不通。他的五官挤到一起，以表情对身旁的幽雅表达："这一幕怎么搞的？"

幽雅懂得韩磊的不满，她轻声对他说："对白和情节由演员自行发挥，只要遵守大规则就可以了。"

韩磊心想，好吧，不理会情情塔塔的无聊内容好了，只要剧情是 Lenny 去杀 Carla，而且是真杀……

Carla 接下来的对白是："我总是这样，听了令人伤心的话，明天才懂流泪。"

韩磊无法不反感，这种话，是人说的吗？真是令人汗毛直竖！

却忽然，Carla 有特别的举动，她在沙发前的云石茶几的小抽柜内，掏出一件东西。

啊，是一只小松鼠布偶。

立刻，接过布偶的 Lenny，眼睛瞪得好大，表情怔住。

摄影师放大 Lenny 的表情。

蓦地，韩磊看明白了，他记起，这种布偶对 Lenny 来说代表一种信号。

韩磊有期待了，是要进入戏肉①了吗？

果然……

Lenny 被激发了某种欲望，他的双眼放光。

不过，究竟是爱欲，还是杀欲？

韩磊看得一脸紧张。

只见 Lenny 扑向 Carla，以双手勒住 Carla 的颈。

姑且勿论情节是否进展得太突兀，总之，就有韩磊想看的。

看吧，是 Lenny 去杀 Carla，而且是真杀。

Lenny 不断加重双手的力度，Carla 在沙发上挣扎，嘴张大，眼珠微突。

Lenny 力度好猛啊，Carla 快要死了吗？

不过，怎么了，Lenny 这样紧勒 Carla 已数分钟了，Carla 还未断气。

Lenny 松开双手，他先看看自己的手心，再看看 Carla 的颈部。镜头中，Lenny 的手心已通红，他真是有使劲用力呀；

---

① 粤地方言，意指戏剧的精彩部分。

Carla颈上亦有明显被勒的痕迹。

Carla在沙发上喘气,未死。

Lenny的杀意仍在,这次他除下皮带,要再勒Carla的颈。

这一回更狠,皮带愈缩愈紧,Carla的脸呈紫色了。

韩磊紧握小手,像观看擂台上的拳赛那样,他小声地替Lenny加油:"弄死她!弄死她!"

接下来的剧情,就来一场真正的惊喜了。

片场里的Carla不独未死,她的五官起了变化。

从荧幕可清楚看见,她的黑色瞳孔由圆形变成直线;她的犬齿变尖并向下伸;她的苍白肌肤透出血管的纹理。

韩磊不得不愕然,这是……

无人演奏的鬼钢琴响起配乐:"噔噔噔噔!噔噔噔噔!"

是贝多芬的命运交响曲。

科学怪人灯光师做出灯光闪灵效果。

此时,有二女一男三名吸血僵尸出场,男的拨动黑披肩,跟在后面的两个女的都穿着十八世纪西方女性的衣饰。三名吸血僵尸夸张地露出他们的尖牙,男吸血僵尸对Lenny说:"吸血界是团结的!我们来保护同类!"

同类……

Lenny不可置信地望着Carla,Carla按住被勒过的颈撑起身,坐在沙发上喘气。

两名女吸血僵尸左右捉住Lenny,男吸血僵尸张口咬到Lenny的脖子上,不过,随即又弹开,说了一句:"不是人!"

韩磊虽喜欢剧情有猜不到之处，但这样的安排，会不会太难以接受？

慢着，这三名吸血僵尸……

韩磊问幽雅："是真的吸血僵尸吗？"

幽雅的表情疑惑，她也似乎不肯定。"Carla 是说过，会找些朋友来客串……"

韩磊的表情挂了下来。老女人耍滑头。

男吸血僵尸有话要说了："既然没法把此物变成我们的同类，只好毁掉它！"

接着，一男二女吸血僵尸见什么就拿什么，椅子、厚皮书、蜡烛台……通通朝向 Lenny 作出殴打状。Carla 则一脸被吓着的模样，瑟缩在沙发一角。

韩磊看到荧幕上放大了的 Carla 面孔，她的吸血僵尸妆，会不会太逼真？

而那三名吸血僵尸，绝对在真打！

韩磊心焦了。"他们在毁灭我的 C1！"

幽雅只好说："是你要求的游戏规则呀，这一个组别是真杀的！"

韩磊跺脚了："我要求的是 Lenny 杀 Carla！"

幽雅就解释："Lenny 真的有去杀 Carla！哪会知 Carla 死不掉？那么，这一个要求已算是实行了！剩下真杀的规则继续进行中！"

韩磊深感万万不可："我的 C1 呀！不能毁……"他终于

说了:"取消真杀!"

幽雅瞪大眼,她一直在等待韩磊这一句。

幽雅问:"你确定?"

"是!"韩磊说。

幽雅就大声宣布:"取消真杀!杀人者停手!"然后,完结这场戏:"And……good take!"

三名吸血僵尸停下来,Carla 抱住被殴至重伤的 Lenny 痛哭。

韩磊厌恶刚才的失控,他埋怨:"怎么搞的?"

幽雅就说:"只要不触犯游戏规则,演员自由发挥是可行的……其实,效果不错呀,你不能否认,剧情进展很有惊喜!"

韩磊愤恨:"我说过,要折磨 Carla!"

幽雅说:"Lenny 真有折磨 Carla 呀!只是,出现了突发状况嘛!"

韩磊一脸不相信:"那个老来娇怎会变成吸血僵尸?"

幽雅要说的是:"她变成什么都好,你要折磨她,将来机会多得是!我会这样提议,多邀请她来拍戏,每一次她都演被作践的角色!那么,你就可以继续要她惨绝人寰!"然后,幽雅再说:"最紧要的是,你好好修复 Lenny,让你的 C1 永恒地运作良好,对不对?"

韩磊纵是满腔不满,但幽雅说得没有错。

不过,最重要的,幽雅还未说出来。

因为韩磊在这一组取消了真杀,真杀这模式,会被安排到第三组。即是韩磊和幽雅做对手戏的最后一组。

◇◇◇

究竟，因何 Carla 会变成吸血僵尸？

两星期前，幽雅到达 Lenny 和 Carla 隐居的南美洲大宅，向他俩说出韩磊对处置 Carla 的企图。

Carla 感叹："我的灵魂迟早都属于他的啦，让我死前安乐十多年也不能？"

幽雅摇头，说："他不是贪你的灵魂。当然，得到你的灵魂后，他又会有对你不利的处置方法……此刻，他是太想太想尽快能作践你、残害你，并且要你俩有情人不能成眷属。"

Carla 皱眉，惊讶于这种变态式的坏心肠。

幽雅说："你看，他故意把我和我的丈夫分隔两世，就知道他真是见不得别人幸福。"

Lenny 扬了扬眉，他无语。他是明白韩磊的。

然后，幽雅就向他俩提出一个神异的处理方法，那就是，她可以安排吸血僵尸到此大宅，把 Carla 变成吸血僵尸。

Carla 一听，倒没有反感，并且，她有这样的反应："变成吸血僵尸？好浪漫好凄美的存在方式！"

幽雅欣喜提议被接纳。她说："其实，我是想一石二鸟。一，你变成吸血僵尸，长生不死，就不会被 Lenny 在互动电影中杀死，哈哈，Lenny 怎样杀，你都不会死；二，你既然不会死，灵魂就一直不会归韩磊所有，嗯，这不是很好吗？"

Carla 与 Lenny 互望，赞同幽雅的安排。

Chapter 9

　　Lenny 搂住 Carla，说："Carla 的灵魂永远在她的肉身上，那么，我与 Carla 也不用担心十多年后会分开。"

　　幽雅说："我亦认为，韩磊不会舍得停止你这 C1 型号的运作，即是说，你会长久存在，然后，你与 Carla 会有相当长的相处日子。"

　　Lenny 一直担忧着此事："就是怕挨不住将来会出现的十年霉运。"

　　Carla 立刻说："不怕！有我在！哈哈，吸血僵尸应该比人类能力强，到时候我保护你！"

　　Lenny 就与 Carla 热吻起来。

　　幽雅微笑，祝愿这双有情人难关难过统统过。

　　后来，幽雅从第 9 号当铺的天花板中召唤了一名男性吸血僵尸，请他同两名女性吸血僵尸一起去执行改造 Carla 为同类的任务。

　　改造 Carla 的过程，就如传说般凄迷。

　　那个晚上，两名女吸血僵尸分别吸啜 Carla 的左右两手手腕，男吸血僵尸则吸啜她的颈侧。Carla 把眼珠溜向陪伴在旁的 Lenny，她的眼神表达："真猜不到，作为一名人类女子，却会与混人相爱；最后的结局，竟然是变成吸血僵尸。"

　　不消一会儿，Carla 的獠牙伸长，指甲像魔的爪，皮肤中的血管如大朵大朵盛放的玫瑰。

　　深爱她的 Lenny 一直与她对望，哪管她的眼白全染红，眼珠呈金，瞳孔如猫在日间的眼睛。

从此，异物对异物，只会爱得更名正言顺、更匹配、更情深。

◇◇◇

《亲密的厮杀》的第三组拍摄地点在郊外，因为是外景，又在晚上，工作人员的工作量增多。两名摄影师要托着摄影机分别跟随幽雅和韩磊；科学怪人虽然高，但活动能力不够灵敏，不能胜任户外灯光师的工作，改以一批二十只的丧尸在各地点提灯；服装指导由终结者担任，皆因韩磊说要近似《终结者》电影那种衣着风格："有未来感的粗犷，懂不？"

幽雅不反对，她很少穿皮衣，拍戏时有机会穿，未尝不是乐事。

终结者把所需衣服交给两名演员后，说："*I'll be back!*"

就连韩磊都兴奋起来："这一句我知道！"

见韩磊有充足参与心，幽雅就放心了。

开始拍摄前，幽雅对韩磊说："这是最重要的一组拍摄，我们要全力以赴！"

韩磊边被 *Joker* 化妆边说："我记得，这组别是随机选出谁杀谁。"

此时，负责茶水的《危情十日》变态杀人女读者为两名演员送上饮品。

幽雅说："我俩都不是专业演员，喝了这个，精神会更集中，演出会更有神采。"

韩磊一口气喝完。"可乐味。"

幽雅眼珠溜向上，也把自己的那杯喝掉。

好了，第三组正式拍摄。*Action*！

深海章鱼怪捧出两个盒子，幽雅对韩磊说："你作为第9号当铺的最高决策人，你先选，我选余下的。"

Camera head 的摄影机对准韩磊，*CD Head* 则负责跟随幽雅。韩磊犹疑了片刻，就把接近自己的盒子打开，内里有一个圆球，写着 *Killer*。

韩磊带着愕然望向幽雅，说："噢，是我去杀你！"

幽雅的反应是："即是我不用选了！唉，真是糟糕极了！"

有何糟糕呢？

幽雅说："是真杀！"

韩磊就问："怎么会？真杀是上一组！"

幽雅就说："因为你取消了上一组的真杀，变成是这一组要真杀！"

韩磊还想追问，却在此时，幽雅望进韩磊的眼里，很认真地逐字吐出这一句："韩磊要真杀幽雅！"

韩磊但觉，整个人入定了。

发生了什么事……

幽雅说完就随手从深海章鱼怪其中一只触须上拿走一排小飞刀作武器，接着一溜烟跑掉。

韩磊依然蒙蒙的，不知该怎样反应。但镜头一直对着他拍摄啊。

《猛鬼街》的 *Freddy* 是场务，他走过来提醒韩磊："选武器，然后追杀幽雅！"

深海章鱼怪的其他触须上有长枪、菜刀、弓箭、剑、斧头。韩磊不知该选哪样，见深海章鱼怪递给他长枪，他就接过往前跑。

边跑边心想，不过是互动电影呀，不过是游戏一场，哪有幽雅说得那样认真？要真杀？

韩磊是想怀着玩玩的心情，但行动却有种不由自主，在夜间的山林中跑着的他，正看左看右，真的在搜索幽雅。

明明是想随便玩玩，干吗会投入追杀的行动……

见附近有一只提灯丧尸，韩磊就作出指示："往大石后照照！"

然后，摄影师就拍摄到韩磊瞬间转为疑惑的神情。

韩磊停步，对镜头说："不知怎地，我真是在追杀雅雅！"

韩磊的疑问是有答案的。

这时候，副导演《星球大战》中的黑武士在广播中说："因为这部互动电影由第9号当铺出品，第9号当铺很讲究规则！作为第三组的杀人者，你会真正追杀被追杀的演员！"

韩磊看来很彷徨。事情真是这样吗？

观看监察荧幕的黑武士不耐烦了。"演员！*Keep acting*！"

韩磊就像被启动开关掣那样，东跑西走搜索他要追杀的人。他忍不住边跑边呢喃："这可怎么办？我不想伤害雅雅！"

Chapter 9

一只距离约三十呎的提灯丧尸无意间打光照到奔跑中的幽雅,韩磊就反射性地举起长枪瞄准,像猎人杀鹿那样,向幽雅发射。

"嘭!"

接下来,是幽雅的痛叫:"呀!"

黑武士以广播说出:"被追杀的演员大腿侧被子弹擦伤,无大碍,正向西面树林方向跑去。"

韩磊觉得受不了。他明明不想伤害幽雅,但他真的开了枪。

镜头下,韩磊的表情有种逼于无奈的痛苦。

忽然,他按住胸膛位置。

摄影机对准他的小手。

啊,是心痛吗?

韩磊不是没有心的吗?

黑武士的声音又来了:"演员! *Run*!"

韩磊往西边跑去。他又从另一只丧尸的提灯后看到幽雅奔走的身影,像被操控那样,他再次举起长枪朝幽雅发射。

"嘭!"这一次,幽雅应声跪跌地上。

"雅雅!"韩磊叫出来,跑到幽雅身边。

幽雅的手臂中枪,她按住流血的伤口,表情痛苦。

韩磊见自己伤了她,就焦虑得泪凝于睫,他苦苦地说:"雅雅,我不想伤你……"

幽雅却安慰:"游戏是这样玩呀,你会在电影终结前杀了我!"

韩磊喊出来:"我不要!我不要!停止拍摄!停止这部蠢电影!"

韩磊粗暴地推开跟着他的镜头。

副导演黑武士以广播制止,韩磊追打摄影师,两人纠缠起来。

幽雅趁机站起来继续往西跑。

为什么是西边?因为乐祐晨给她带过信息,他会把门搬到那个方向。

但都跑了许久,却不见乐祐晨和那道门。

幽雅一直负伤往前跑,韩磊又情非所愿地追赶在她后头,并且向她发射了一枪,没被打中的幽雅就转身抛掷出飞刀对抗。

真正显示出厮杀的主题了。

因为失血,幽雅力有不逮,她开始眩晕,但还是继续往西跑。

西方是什么?

西方极乐世界。

最后,跑到无力了,幽雅双膝跪坐地上。

以为要昏倒下去,却看见,前方大约两百呎之处有一道好古老好古老的门,左右门框上都缀有一些天使。这道门看来隐隐约约,似乎并非存在于此空间。

幽雅知道,门来了。

"阿晨……"她低语,却看不见门附近有人。

Chapter 9

乐祐晨还是把门搬过来了,但他人呢?

韩磊也跑近,他以长枪对着幽雅。幽雅看见,韩磊在流泪。从前就看过韩磊的泪,是血泪。

韩磊说:"我舍不得杀你,但我觉得无法自控呀……"

幽雅气若游丝地说:"你真的不想我死?"

韩磊垂低枪,摇头:"不想……"

幽雅对他说:"你是第9号当铺最高话事人,只有你才有神器改变这部神异电影的规矩。"

韩磊立刻说:"我改!我改!我不要真的杀你!"

幽雅虚弱地微笑,说:"你记得我们练习过吗?我出厨房砧板你出菜刀。"

韩磊点头:"记得……"

幽雅就望向门的方向,说:"你看看,那边是不是有一道好独特的门?"

韩磊看见了。

幽雅说:"那是神圣之门……"继而,说出重点:"只要有神器:一把配合的钥匙!然后开启那道门,我就能内进改掉这部电影的规矩。"

"配合的钥匙……"韩磊听罢,就伸手进裤袋内搜。

幽雅紧盯韩磊。

忽然,韩磊问:"你肯定开了门就能改规矩令我不杀你?道理何在啊!"

幽雅实在不想节外生枝。她决定继续装可怜,弱弱地说:

"你看，我因你差不多气绝……道理又何在？"

听到这样的话，韩磊就爆哭了。"整个宇宙都可以消失……唯独你不可以……"

幽雅说什么就是什么好了。

韩磊努力地在裤袋中搜钥匙。

幽雅在心里幽幽地说："啊，对不起，以苦肉计来骗你的钥匙……"

不是最讨厌虚情假意吗？

但为了能在往后过上真正热爱的日子，无法不去利用这个臭屁孩的感情……

从韩磊的裤袋内跌出了车匙、银行金库的钥匙、古堡大闸的纽花匙、太空总署发射核弹的保险匙……就是依然找不到该找的那一把迷你金钥匙。

焦急的韩磊的血泪流呀流。

幽雅看着，于心不忍，有些事，她是明白的。

这个臭屁孩对她的心意……

幽雅伸手轻按在韩磊左边的胸膛，对他说："这里，配得上有一颗心。"

韩磊一听，仰脸悲哭。

血泪都从下巴滴到身上、地上了。

身上一道道血色泪痕。是谁为爱哭到满身伤？

激动中一脸血泪的韩磊，与平静苍白的幽雅，真是对比。

韩磊要泣诉了："是否因为我无心，你从来不放我在你心上！我透视过你的心千百遍，那里无我！"

幽雅料不到韩磊会在此时此刻说出这样的话，她哑然。

韩磊用力拍打自己的胸膛，哭喊："我这里无心，但我这里不是空的！我这里有你！"

拥有心脏的幽雅，但觉心被炸开。

啊，这个臭屁小魔对她的感情，非同小可……

哭得呜呜哇哇的韩磊把手伸到幽雅面前，手心内是那把迷你金钥匙。

幽雅的表情在说："得到了。"

立刻就从韩磊手心里抓过钥匙，转身。

韩磊可会觉得，一切是预谋？

幽雅跌跌撞撞来到那道门跟前，门看来虚浮，她知道，要快。

韩磊望着她的背影，一句话显现："阻止她！"

刹那间，韩磊的眼睛一片红。

当他要狠，就有狠的颜色……

站在门前的幽雅感受到，这道门与她手心中的钥匙正互相牵引。

韩磊想对幽雅有所行动。

幽雅感到成功在望。她知道，往后的一切，都不再一样。于是，她回头对韩磊说出感激之言："从今以后，我的心里会有你！"

感激话可以有百千句，因何要说这句呢？

她说,她的心里会有他。

那片红色在韩磊的眼睛里退散。

他想要的,不过是这样。

韩磊没有行动。

韩磊忆起了,在幽雅九岁那年,他也是没有行动……

幽雅望回前方,把手中的迷你金钥匙向神圣之门抛掷去。

迷你金钥匙在半空中变大,并在触碰到门的一瞬,爆射出黄金光芒。

时间恍若静止。

幽雅置身在黄金光芒中,门稍微打开,她就从门缝中入内。

然后,幽雅看见,乐祐晨就在门后,他对她微笑,有那种功成身退的神情。

金钥匙停在半空,幽雅伸手握住。

门后的空间,有着凝结感,很慢很慢。

幽雅望向乐祐晨,想说点什么,却发现,乐祐晨从脚开始消失。

"雅……"有人叫她。

那是韩磊在门外的声音。

为防韩磊会搞事,幽雅转头,把门关上。

再望向乐祐晨的方向,他的一双小腿不见了。

幽雅得到金钥匙,但快要失去乐祐晨了。

究竟,乐祐晨在搬门前后,发生了什么事?

天使与恶魔

Angels & Demons

那次,乐祐晨得到幽雅的答案后,就走去告诉门框天使。

他弯下身,以双手作掩嘴状,左右两边的门框天使都倾耳细听。

乐祐晨说了。

天使们听到答案后就纷纷说:"多棒的主意!""有了新规矩就面貌全新了!""支持幽雅!""支持第9号当铺!"

十一个天使又左右上下互望,片刻后说:"我们预见了幽雅取匙的过程,韩磊需要被小催眠才能成事!"

又有难题?乐祐晨皱眉了。

这时候,天使说:"你的手心内有一个小瓶。"

于是,乐祐晨的手心出现了小瓶。

小瓶内只有一滴液体。

有天使说:"告诉幽雅,找个合适的时刻让韩磊喝下去,接着,幽雅要说出催眠指示,那么,韩磊就会听从。催眠液的效用是一小时。"

当乐祐晨唯唯诺诺,又有天使说:"慢着,要以 X 的少少运气去换取。"另外有声音说:"都说,办事要成功,总得靠

Chapter 10

运气!"

已没余下多少运气的乐祐晨,就让天使从他身上抽取了一点点华彩。

如同已经贫穷却要花钱的人那样,乐祐晨望着那一点点华彩,非常舍不得。

后来,乐祐晨请求被称为蝙蝠侠的那只蝙蝠穿梭两世去交带小瓶。基于蝙蝠侠已经不必为了得到侠系身份而受制于韩磊,它愿为乐氏夫妇效力。

幽雅收到那瓶子后,打开瓶盖闻了闻,就说:"可乐味!"接着,她盘算应在什么情况下给韩磊作出催眠指示。想着想着,她感叹,对付臭屁孩这种小恶魔,还得靠光明系的协助。

幽雅练习:"要清清楚楚告诉韩磊:'韩磊要真杀幽雅!'"

那边厢,乐祐晨与天使们商量搬门的事。

乐祐晨说:"我与雅雅协定,那一组的拍摄在夜间的郊区,是山林的西方,于是,这道门放到那儿就好了。"继而,又问:"怎么搬呢?"

天使们就七嘴八舌:"一搬就到啦!""所谓时间、所谓地域、所谓隔世在这里无作用!""你下一刻可以搬了!"

都是正向的说话。乐祐晨觉得愉快。

但有天使这样说:"一搬完,就死了!"

乐祐晨听见,就凝住本来要笑的表情。

那个天使说下去:"运气只余那一丁点,搬门好大一件事,搬完门只好消失!"

其他天使就有话说了："啊！对了！他会精力耗尽！""从脚到头消散！"

乐祐晨变为担忧："你们是认真的？"

天使们说："给过你那么多运气，你全典当了！你哪够元气、福气去成功前往、成功归来？"

"啊！有去无回！"

"本来，X的运气够能量去支撑多世任务，真可惜，最终只能肩负这一项……"

"上次X由第8号当铺回来，还雄心壮志的，说下次要更成功，定要改变当铺风格……唉……"

"X今次还是能完成任务的，不过，要向大家说再见了！"

"这就是最后的道别吗？我们认识X超过一亿年了吧！"

最后一句是："X也要准备向他爱的人说再见！"

乐祐晨好错愕。

怎么了，门搬完之后，就是自己最后的结局？

此时，有天使提议："只要X不搬门，返回去做第9号当铺老板，X就能继续存在，只当个当铺老板不妨碍X活下去。"

乐祐晨听见了。

思量片刻，他就抬眼，走到门的右边，扎好马步后，就大喝一声："呀……"

七色华彩从他体内流转到门之上，门的重量就大大减轻，甚至，他够力量把整道门托起，以背扛着前行。

Chapter 10

天父之子为世人扛过十字架；X为完成所爱之人的理想，甘愿为她扛上这道门。

他是清楚结局会如何的。

此门，必须搬；犹如搬走心头大石。

天使传来指示："走五步！"

第一步，能量急速流散。

第二步，虚虚浮浮。

第三步，该高兴还是悲哀？

第四步，这是自己的任务。

第五步，心里喊出这一句："我做了真正热爱的事！"

乐祐晨放下门。轰隆！门好重。

幽雅和韩磊该在附近了。

他站在门后，对自己说，任务完成了。

继而，心里悠悠说："门必须搬，情必须还。"

心中之话掠过后，乐祐晨自己也感愕然。

◇◇◇

幽雅手拿已变大的金钥匙，面前的乐祐晨的双腿已全然消失。

乐祐晨张嘴说话，却只见口型没有声音。幽雅能读懂，他在对她说："去以钥匙弄出小约柜，去改规矩！快！"

看着消失中的乐祐晨，幽雅很心焦。

如何以手中钥匙开约柜,幽雅懂,她看过韩磊的做法。

唉,若然只剩下三秒时间,幽雅会选择开约柜还是救乐祐晨?

心里浮现这一句:"如果要二选一,我选我老公!"

但幽雅不知怎样才能救乐祐晨,她急得要哭了。思绪凌乱间,她就这样扑过去,与消失中的乐祐晨混在一起。

腰以上的乐祐晨仍在,他以双臂拥抱幽雅。

相爱的人互相凝视。

恋人的眼睛,世上最美。

幽雅望进乐祐晨的眼睛深处,她看见……

乐祐晨。

不过,那是身穿远古黑色战士盔甲的乐祐晨。

乐祐晨的眼眸里,不是应该只有幽雅的吗?

幽雅与乐祐晨眼眸中那个黑战士有一刹那的眼神互连。

系上了。

啊……

那个黑战士乐祐晨随手就变出又长又阔的大刀,他狂斩前方冲来的数名银白盔甲战士。黑战士乐祐晨杀敌时的表情凶狂狰狞,那双眼偶尔会全红,挂上的笑容如嗜杀的魔。

啊……

魔。

黑战士乐祐晨,是暗黑系的。

银白战士那方,是光明系的。

黑战士乐祐晨的其他黑盔甲战友，正在旁边杀害某个银白战士，白色羽毛四散。

幽雅在映像中定睛。

然后，她能看到更辽阔的画面，那是无数黑战士与同样数目庞大的银白战士交战的场面。

接着，幽雅看见，在一横列向前跑的银白战士后，有数排数以千计的银白战士张开雪白的翅膀飞跃半空，他们正准备以箭射向那些黑战士。

黑战士乐祐晨正仰视那些银白系弓箭手。

幽雅能从消失中的乐祐晨眼里看到以上画面；乐祐晨也正从幽雅的眼里看着同一组画面。

只是，乐祐晨是以 X 的角度看故事。

乐祐晨特别留意到其中一名在半空张翼的银白战士，他看来年少英俊，而且有自己的主见。这名银白战士所想的是："那名暗黑系魔军手法残酷，我要令他万箭穿心！"

年少英俊的他，针对的是乐祐晨容貌的黑战士。

万箭穿心。

这名银白战士要放箭了。

其他数千名银白战士也有放箭呀，但年少英俊的他不一样。

他射出弓箭前加了这道源自光明系的力量："一箭变万箭！"

那名有着乐祐晨容貌的黑战士看到眼前迎来万箭，一概是瞄准他发射的。

万支神圣之箭穿过这名黑战士的躯体,他承受了万倍的痛苦后倒地。

年少英俊的银白战士心里有着欢呼,那念头是:"万箭穿心这招我真能用上!"

那次黑白战事,暗黑系被逼退到宇宙的暗处,光明系掌权。

那是一亿年以前的故事了。

年少英俊的光明系战士有一个代号:X。

光阴流转,X在光明系有过许多贡献。他在人间辅助过某些将领;瓦解过对人类领袖的刺杀;帮助过许多愁苦的人类;甚至,多番参与过神界、仙界、魔幻界的各种正向事宜。

但X就是偏偏记着,他曾以万箭向一名黑战士发射。

这所作所为最初让他有自豪感,渐渐地,他意识到自己的不对。

是那名黑战士残酷在先,因何,自己同样要以残酷对待他?

对方是凶暴;自己则是自负、狂妄、骄傲、无情。

自己并不比对方优越。

X的心里藏着对那名被他万箭所伤的黑战士的歉疚。

那抹歉疚,累积又累积,已沉重如石头。

若然可以的话,终有一天要把石头搬出来,好好偿还他……

Chapter 10

那名被X万箭穿心的黑战士的元神并没全然消散,亿年以来,那剩下的一点点暗黑混入其他暗黑力量中,存活于各种暗黑范围。

化为低下的毒菌病物,当过野兽,附身在最悲凄的人类灵魂中,与地狱中的苦魂连接,混进培育小魔的暗黑气团,做过恶力微小的邪魔,灵幻界的歹角色,再投胎为人数以百次,在拥有了人性后也继续保留源远流长的魔性,最后的人类名称是幽雅……

◇◇◇

此刻,手握金钥匙的幽雅与对视中的乐祐晨都明了了他俩的恩怨缪辖。

X那纯善灵魂的深处,知道会在此人间任务中重遇那个被他万箭穿心的黑战士,这意识令他拥有对方的容貌,并准备向被他所害的人还以深情。

门是必须为她搬,搬门后才能移除压在他心里的亿年沉重;情是必须送予她,补偿曾经对她的狠绝无情。

乐祐晨已消失至肩膀,他无声地对幽雅说:"这次相遇,我对你已无歉疚,我爱你爱得很尽情……对你倾尽一颗心……我成全了自己上亿年的心愿……"

幽雅泣诉:"未够……未够……我们未够……"

乐祐晨的神情在说:"我又何尝爱得够?"

再爱多千亿年,可以吗?

眼看乐祐晨的颈也没了。

幽雅狂喊一句:"你未还够!你留下,再还我情!"

幽雅在情急之下,吻向乐祐晨的唇。

她用力啜吸。

一股异气流入她体内。

乐祐晨消失了。

幽雅摸摸自己的唇,再摸摸咽喉和心胸。

乐祐晨在她体内!

不过……

她看了看手心的钥匙,随即说:"要开约柜改规矩!"

Chapter **10**

新的第9号当铺

New Pawnshop No.9

幽雅模仿韩磊的手势,拿着金钥匙在半空拨动,金钥匙旋动出金光,那个古典小约柜现于金光中。幽雅以钥匙与柜门配合,咔嚓一声后,约柜门打开了,啊,那本古旧的黑皮册子终于在面前了。

古老的黑皮封面上印有纽花金边框。幽雅以崇敬的心把册子捧在手心,正想翻开之际,一股力量代她动手,内页自行翻动,停在眼前是空白的一页。

那枚插在约柜门孔的金钥匙蠢蠢欲动。幽雅知道,金钥匙是有生命的。

幽雅对金钥匙说:"你知道要改一条怎样的规矩,对吗?"

金钥匙就离开了门孔,飞降在册子的空白页面前,准备以前端书写。

幽雅说:"第9号当铺客人的典当物,为他们甘愿、轻松、随便、无痛就能舍弃的!"

这就是第9号当铺的新规矩。

金钥匙依据幽雅的意愿书写。

完成后,金光由册子内向半空流散,接着,册子自行合上。

幽雅热泪凝眶。

她把册子捧到心胸上,流下一串泪。

从此,来第9号当铺的客人不必再作负担不起的牺牲;每一次交易,客人都不再受罪痛苦;每一个愿望的达成,不会是难堪的交换。

第9号当铺成为一间真正帮助人类的机构。

其他代号的当铺的存在目的,都志在褫夺客人里里外外的贵重资产,心肝脾肺肾、美貌运气年寿爱情喜乐神志……最终要拿走的是灵魂。这些当铺美其名是帮助人类达成心愿,实质是逐渐夺走一个人的所有。

这些暗黑系当铺的原意都是:一个人能牺牲多少去换取愿望成真。

既然有着牺牲,当铺的交易总是令人类受苦。

但从这一刻开始,幽雅所领导的第9号当铺,重点是为客人达成心愿,至于收取些什么典当物,不再重要。

幽雅长叹一口气,把册子伸前,让册子悠悠飘回约柜中。

金钥匙自行把约柜锁上。第9号当铺的新规例正式生效。

◇◇◇

改革后的第9号当铺不再处于咖啡店中,而是坐落在一个小岛上。岛上有咖啡店、餐厅、商店、酒店、按摩馆、游乐

Chapter 10

场、戏院、剧院、游艇码头、直升机场、人造沙滩……小岛的建设风格为欢乐系的哥特式,华丽之余,带着少少恐怖感,多多趣致。

幽雅欢迎她的客人在岛上消磨,想清楚他们的人生方向后,才去主楼找她。

幽雅的鬼鬼怪怪朋友都在岛上当员工,他们的存在亦是小岛的特色。钉面人[①]和被斩头的玛丽皇后正在当导游,钉面人对来宾们说:"来第9号当铺当然要尽情思索人生……不过,亦可以尽情玩呀!岛上设施享有盛名,特别推荐正在戏院上映的《亲密的厮杀》!"被躯体抱在怀中的玛丽皇后头颅说:"对呀!是当铺老板自编自导自演的互动电影,观众可以选择旁观、亲身参与、改变剧情等互动操作……"

这一天,幽雅在主楼接见的客人是尼禄斯基夫人。五十多岁的她优雅高贵,出身显赫。如同以往光顾当铺的客人那样,尼禄斯基夫人是满怀忧伤的。她对幽雅说:"我自二十五岁开始与三名兄长一同参与管理父亲的集团,医生说,父亲将在半年内过身。父亲一生英明,却因病和其他人的唆使导致判断失误,我知道,他有意把集团全归我三名兄长所有。"尼禄斯基夫人目光坚定地说:"我希望得到第9号当铺的帮助,把集团归我管理,至于父亲的其余庞大资产,全归三名兄长好了。"

幽雅问:"那么,典当物是……"

---

① 即Pinhead,《猛鬼追魂》里的鬼角色。

尼禄斯基夫人说:"我以及我两个女儿的婚姻幸福!"

听上去颇狠心。

尼禄斯基夫人说:"我的两个女儿从大学以极优异的成绩毕业,现正为集团做贡献。我的丈夫在大女儿十岁那年过身,之后,我的父亲一直栽培我的女儿,相比兄长们那班不肖又放任的子女,父亲更想让我的两个女儿在将来接手集团。女儿们也有意一生为集团效力……她们同意牺牲婚姻,就算将来仍有结婚机会,也不指望会婚姻幸福。而我自己,虽有相伴数载的知己,我也甘愿让他离去,不求与他有结合的一天。"

幽雅说:"你的典当物属于大牺牲。"

尼禄斯基夫人急说:"请相信我,我不是想霸占集团去弄权谋利。要知道,我们家族的集团经营天然气、电力、水力、农业、林业……惠泽东欧各国一世纪。若然由我二名兄长承继,他们只会分拆卖走图利,到时候全东欧的人民都要承受贵价的基本生活设施,我亦难以想象集团的前景……这实非我父亲以及先辈们努力的初心……"

幽雅看得出,尼禄斯基夫人的一片真心和善意。

尼禄斯基夫人忧虑地说:"老板,是嫌典当物不足够吗?我愿奉上我的年寿呀!"

此时,一个男声告诉幽雅:"说吧!"

幽雅就说:"第9号当铺是一间很特别的当铺,它的运作与其他代号的当铺不同。"幽雅挂上微笑,说下去:"要是我们评定此宗交易值得,我们所收取的典当物不会让客人有所牺性，反而是客人用不着的、极愿意舍弃的。"

尼禄斯基夫人脸上有光。

不知她是否留意，幽雅一直用"我们"。

幽雅的笑容更盛："夫人有什么是不想要的？"

尼禄斯基夫人先是以不可置信的神情感叹，再连番向幽雅答谢。接着细想片刻，就说："我的女儿们常埋怨所居住的地域气候太干燥寒冷，以至女士们刚到三十岁便看着干巴巴的，又易长皱纹。其实她们都明白，我们这种族就是皮肤不好又易衰老。好不好，我们把易干燥、易变老的皮肤基因典当给当铺？我们这地域的女性真的好羡慕地中海气候、东南亚地区的女性的润泽肌肤……哈哈，其实，我们集团早有团队研究抗衰老护肤品，不过，多年下来，我们都信服了，一切都是基因问题，外来物补救不了！"

幽雅觉得客人的主意有新鲜感。"这样的典当物有意思！是我们第一次收取！"

一个男声对幽雅说："成交！"

幽雅在心里应了一声："嗯。"

亦在此时，幽雅向尼禄斯基夫人提出一个请求……

对方是答允的。

后来，幽雅捧着一个盛载了客人的某种皮肤基因的玻璃瓶到储存室，她思量着何时到人间替客人的女儿们取存这些她们不要的典当物。

步过的存放架上，一瓶又一瓶的典当物都色泽难看，灰黑、哑黄、瘀紫、暗红、呕青……这些日子以来，第9号当铺收回的典当物，都是人类觉得没用的、不想要的、一心舍弃的。

没有客人会赎回的了，幽雅倒是要构想在将来怎样处理这一批又一批的人类负能量之物。

放置好尼禄斯基夫人的典当物之后，幽雅走进另一间房。房间内置有多个层架，架上放上一排排小瓶，瓶内的华彩好美啊，无论是哪种颜色，都清莹晶亮。

幽雅从衣袋内拿出最新的小瓶，放到架上。

男声说："都储了三年了。"

幽雅回应："这名夫人的运气是金色的，她满身财运。"

这房间，专收藏客人赠送的运气。

这三年间，每一回达成交易前，幽雅都向客人要求一点点运气馈赠，例如这一次，她想要尼禄斯基夫人某三天的好运。尼禄斯基夫人想了想，就慷慨地说："送足你一星期！要财运好不好？我财运多的是！乐于裨益第9号当铺！"

其他客人送赠的运气有白色的健康运、紫色的灵量运、蓝色的智慧运、橙色的动力运、红色的感情运、绿色的工作运……

幽雅说："有足够的运气后，你便能再有肉身。"

男声说："心疼你为我操心。"

这个声音当然是来自乐祐晨，他活在幽雅的心里。终有一天，储够存活所需的运气后，他们就会再在一起。

幽雅说:"其实,你在我心里很好 *feel* 呀……"
男声回应:"我一刻都没离开你,我也过足瘾!"
至于韩磊呢?他在哪里?
男声问幽雅:"臭屁孩真的从没回来搞事?"
幽雅说:"他是真正接受了他失去第9号当铺的经营权!"
是的,韩磊也有后来的故事。他光顾了第9号当铺。

平行世界

Parallel Universe

那道神圣之门被幽雅关上后,在门外的韩磊很担心,一直拍门:"雅雅……雅雅……"

幽雅受了伤的呀!怎么了,她进那门后就不让他进去。

未几,从门后透出一阵又一阵神圣的华光,韩磊就知道内里有重要的事发生。

韩磊想到的是:"是那个多余的在搞鬼吗……"

蓦地,华光从门后一涌,透门而出,韩磊被华光包围。

玄虚、飘浮、茫然、不真实……

韩磊看见,他身在一所医院中,看看身上,他是披着大白褂的。他经过一处有镜子的位置,啊,他看见自己的容貌了,不得了不得了,这是谁呀,真是堪称世上最好看的男子!微曲的头发、漆黑发亮的眼睛、完美的轮廓、略带苍白的肤色、高瘦的身形、三十岁左右的年纪……最要命的是,亦邪亦正的气质……

下意识,他摸了摸胸膛,有心!

经过的女护士羞答答地称呼他:"韩院长!"

然后,迎面而来的是两名年长的男医生,他们边行边

Chapter 10

说:"那个刚生下死胎的女病人居然有把死胎制成标本的要求……"

韩磊一听,啊,那是……

韩磊截停医生,问:"什么女病人?"

医生回答:"韩院长,是 A9 房的。"

韩磊找到那间单人病房,当中的女病人把本来望窗的脸移向房门方向。

是幽雅。

韩磊的心跳得很激动。

扑通扑通。

原来,心跳是这样的一回事……

幽雅的神情在表达,怎么了,此人似曾相识。

心跳得太厉害,韩磊忍不住按住心房,微弯下身。

幽雅关心地说:"医生,你没事吧!"

韩磊急步走到病床边,呼唤她:"雅雅!"

幽雅就再说了:"医生,你没事吧!"

字句一样,但语调是另一种。

幽雅望着韩磊,满脸疑惑。

内进病房的护士见韩磊在,就说:"韩院长!"

尾随护士入内的甄玉听见"韩院长"三个字,就反应甚快地走近,端详了韩磊两秒后,就眉开眼笑了:"韩院长是吧!哎哟,哪有这么年轻英俊的医院院长呀!"

"妈!"幽雅怕失礼,向甄玉打眼色。

韩磊倒是知机识趣，高声叫："伯母！"

之后发生什么事？当然就是韩磊疯狂追求幽雅啦！

那一年，幽雅二十一岁，她的丈夫何添去世，遗腹子又胎死腹中。

韩磊暂时记不起因何他会长大，又长了一颗心，但他不管了，既然遇上幽雅，就不能错过。

韩磊在人间的身份是某著名私家医院集团的继承人，本身亦是医生。在此时空中，他仍有些魔力，例如，当碰上那名总是眼也不眨地瞪着他看的赵姓女护士时，他会反瞪向她，然后，赵姓女护士就会整段颈骨向后截断，像玫瑰被拗断向后那样。虽然头颅倒吊向后，但赵姓女护士没死呀，她低声呼痛。

韩磊不想杀人，他上前把赵姓女护士的颈重新扭回原位，并警告："无论看见我有什么异能异相，都不能告诉任何人！"

赵姓女护士唯唯诺诺，一溜烟跑掉。

如同一些好条件的凡间男子，韩磊追求的手法都倾向传统而慷慨。韩磊约会幽雅看恐怖电影；带幽雅去日本玩地府主题公园；幽雅生日，他为她订造了一条钻石异形怪物吊饰手链，她欣然接受，开心地说："很有 *feel* 啊！"

依然是那个幽雅呀！而韩磊隐约知道，他会与她一起在人间九年。

其实，他有反问过："我们只有九年吗？那么，九年后，我和雅雅会去哪里呢？"

想来想去，却想不出答案。

Chapter 10

亦有一点,韩磊一直觉得不妥当,他和她之间,理应有个多余的人……

拍拖两年,韩磊与幽雅去欧洲旅游。一天,在匈牙利的布达佩斯,幽雅要独自去购物,韩磊就约她在那间被誉为世上最美的咖啡店内等。韩磊先行来到咖啡店,啊,立刻就着迷了,咖啡店的地板、柱子、天花板、台椅,都典雅华丽……慢着,居然有种曾身处当中之感。是来过吗?

韩磊独自喝咖啡,忽然,一名英俊的华人坐到他面前。

"韩磊。"那人知道他的名字。

然后,那人介绍自己:"我叫乐祐晨。"

顷刻,韩磊入定。

韩磊的瞳孔放大,他按住心房。

好激动。

记起了眼前人是谁。

果然,是有个多余的人……

乐祐晨取笑地说:"有心,就可能会有心脏病呀!你心脏病发了吗?"

韩磊看看前方又望向天花板,狐疑了:"这里……"

乐祐晨问:"像不像第9号当铺?"

韩磊如触雷殛。这回,真是意识明澄了。对的,他曾经是一头小恶魔,做过许多事,包括经营第9号当铺。

韩磊问:"你……是这里的老板?"

乐祐晨说:"对,我入了股!"然后再说:"不过,这里只是一间咖啡店,不是第9号当铺!"

这时候,韩磊看见,一名美艳又富气派的华人女子在咖啡室的一角向乐祐晨挥手。乐祐晨告诉韩磊:"那是我的未婚妻,她父亲在环球富豪榜排前十名的。"

韩磊就深思起来。

乐祐晨企图唤回韩磊的记忆:"你记得吗?那时候你对我说,要是我没与雅雅走在一起,我的福气、运气会更盛。如今,我就是走另一条路。大约两年前,雅雅有来过我的花棚咖啡店,她有拍摄过一张即影即有的照片,可是,照片掉到地上,我看不到,就这样错过了雅雅。其后,我的未婚妻来喝咖啡,她同样在花棚下拍了张照片,啊,她与我的花棚是如此相衬,我和她又那么投缘……"

韩磊都听到了。是的是的,他曾告诉过另一个乐祐晨某种生存状态的可能性。

乐祐晨说:"在这个平行时空里,我依然是X!"

韩磊呢喃:"平行时空……"

此时,乐祐晨说:"我给你预告,你在数年后将会与雅雅有一名孩子,孩子有可能出生,有可能难产,是你的选择。"

韩磊不明白。"什么是我的选择?"

乐祐晨说:"雅雅在三十岁那年有可能难产而死,要是这样,你就带她回去第9号当铺吧!你俩好好合力经营。不过,大能有要求,当铺要有新方向!"

韩磊听进心里。继而,他问:"如果,雅雅顺利生下孩子呢？"

乐祐晨回答得理所当然："你与她留在人间把孩子带大呀！"

韩磊又记起一点点，他好像对某一个平行时空中的幽雅说过，他看过预兆，幽雅在三十岁那年会难产而死，不过，他就是看不清楚谁是孩子的经手人。

乐祐晨能读通韩磊的思绪，他对茫然的韩磊说："经手人不就是你！"

韩磊抱头，深感混乱……

正在发生什么事呢？多余的人终于出现了，但这次他不是"程咬金"，而是来传递信息；与雅雅相处了两年，怎么了，竟感到一切都虚幻不实在？

心跳得好激烈。韩磊按住心房。

乐祐晨窃笑，说："平行时空，你懂的吧！不会因为赐了你一颗心，你连平行时空也不知是什么了？"

这时候，幽雅挽着购物袋推门进来。

韩磊看看幽雅，看看乐祐晨，看看从附近玻璃面反映出来的自己……

◇◇◇

韩磊发现，他依然在神圣之门外。

他也依然是那个臭屁孩模样。

他自言自语:"我要活在刚才我看到的那个平行时空中……"

韩磊说的话,被回应。

一个雄厚、深具力量的声音说:"那么,你需要一颗心!"

此声音,韩磊懂,他在声音的余威中下跪。

韩磊问:"是否有一颗心之后,我就能进入那个平行时空?"

声音说:"要达成心愿,总得牺牲!这不是你的当铺的运作宗旨吗?"

韩磊就明白了,他必须先成为第9号当铺的顾客。

事实上,韩磊是改革后新版本的第9号当铺的首名顾客。

声音的余音退去,韩磊站着等待。

幽雅改了规矩后,神圣之门消失,她转身,就看到韩磊仍在。韩磊关心她手臂的伤,她感谢他的记挂,然后,把已缩小的金钥匙还给韩磊,告诉他:"我改了第9号当铺的规矩。"

还以为韩磊会大发雷霆,他却轻松地说:"啊,是吗?我刚巧想光顾第9号当铺!"

幽雅当然觉得稀奇。她笑起来:"呵!你有什么心愿要达成?"

韩磊说:"我想要一颗心!"

幽雅定定地望着他。

本来,韩磊想说更多。他可以表白,可以剖析心情,但他都没有说。他没有告诉面前的幽雅,他想要一颗心,皆因他想长大,想变成人,想与她在一起。

Chapter 10

他不说,因为他知道,这一个幽雅就算听了,也不会被打动。

犹幸,有另一个时空,有另一个幽雅……

幽雅说:"好吧!但你得拿出典当物!"

韩磊耸耸肩,说:"你们会要求我作好大的牺牲吧!"

谁料,幽雅告诉他:"才不!我刚改了的规矩是,客人拿出他们不要的来典当!"

韩磊先是笑,继而,他就想,这一次的典当物,于他来说,重要不重要,不也一样?

韩磊的典当物是:"我要典当第9号当铺的经营权!"

"真的?"幽雅觉得实在合适不过!

韩磊随口说:"我不要了,我不管了,我不觉得好玩了!"

幽雅似乎不感意外。臭屁孩嘛,什么都有玩厌的一天。

韩磊望着这个幽雅。有太多事情,他都没有告诉她。

他没有告诉她,他连当铺都不要了,是因为他想与另一个她留在那个平行时空,带大他们的孩子。

呀,能与幽雅共同拥有孩子哩,岂非宇宙间最动人的事?

与那个幽雅好好活到老,哪管,只是短短的一生。

人生呀,他曾嘲笑过,于神界、仙界、魔幻界看过去,每段人生不过是三分钟。

情情塔塔之事,他亦曾嗤之以鼻。但原来,他所鄙视的,只是因为自己得不到。

他听说,那个幽雅可能会难产而死,然后,他可以带她回来打理第9号当铺。

要是,他此刻就把当铺的经营权典当掉,那么,就等于可以断了带她回来的这条路!

他听说,他有权选择幽雅的另一个结局。

那么,他选了。

(全书完)